このかなしき空は底ぬけの青

消せない家族の記憶1945・8・9

平田 周

書肆侃侃房

くりかえされる出会い

青来　有一

平田周氏と私は高校の同級生である。

昭和四十九（一九七四）年四月、私たちは長崎県立長崎西高等学校に入学した。彼とは高校一年生のときに同じクラスだったのでよく覚えている。今も昔も彼はメガネをかけていて、おだやかでまじめな印象も当時とあまり変わらない。クラスメートとして私たちは出会いはしたが、今、彼の祖父が松尾あつゆきであると知ってみると、あのころはまだほんとうに出会ってはいなかったのだとも思う。

当時、私は松尾あつゆきの名前さえ知らなかった。原爆句もまったく知らなければ、自分が小説を書くことになるなど想像したこともなかった。本書を読むと、平田氏も自分の祖父がどんなひとで、その経験の凄まじさによく思い至ってはいなかったらしい。

要するにふたりとも自分がなにものなのかは知らず、まだなにものでもなかったのだ。

私と平田周氏の出会いは、平成二十三（二〇一一）年三月、松尾あつゆきの関連資料の保存の相談を受けたときだったのかもしれない。三十七年もの時が流れていた。私たちは五十代になり、さすがに私も松尾あつゆきの原爆句は知っていた。長崎原爆資料館に勤めるようになってからは、資料館前の桜並木のなかに埋もれるように建立された句碑をながめてみるということもたびたびあった。

高校の同級生が俳人の孫であると知り、さすがに驚き、ちょっと虚を突かれた思いにもなった。原爆短歌を詠んだ歌人の竹山広先生とは新刊本や賀状のやりとりがあり身近に感じることはできたが、原爆句の俳人、松尾あつゆきは、私がその名を知ったころにはすでに故人であり、種田山頭火と同じくらい伝説の俳人だったのだ。

翌年の平成二十四（二〇一二）年六月、松尾あつゆきの日記出版にあたり、私は平田氏の求めで序文を書くことになり、初めて丹念に日記を読んだ。妻や子を失ってどれほど彼が苦しみ、孤独をあじわったのか、夢でたびたび亡くなった妻子に出会う幽玄と形容してもいい、その精神世界の深さを知り、ある意味、魅了されたといってもいい。松尾あつゆきそのひとにも、初めてそのときに出会ったようにも感じた。原爆句もどこかとっつきにくく謎めいてさえ感じていたが、そのときにようやく胸にしみじみと滲みいり、彼の日記と句を引用しながら「愛撫、不和、和解、愛撫の日々」と題した短編小説を書くことにもなった。

長い題名は、昭和二十年十月三日の日記、「昨夜は千代子が恋しく眠れなかった。雨は激しく降る音の中に目をあいて過越し方を考える。愛撫、不和、和解、愛撫、の日々を想出すだに胸が痛む。」というところから拝借した。もちろん小説である以上はフィクションも混じえているが、孫の平田氏には高校の同級生として親しみをこめて「平田周くん」として実名で登場していただいた。

本書『このかなしき空は底ぬけの青』には、祖父の被爆の日記に心動かされ、被爆経験を未来の世代へと伝えていこうと目覚めていく平田氏の心の軌跡をうかがうことができる。また松尾あつゆきのただひとり生き残った娘であり、平田氏の母であるみち子さんの証言や生前の貴重なインタビューも掲載されている。被爆した父への娘の側からの素直な思いがそこに語られ、父と娘の情愛に胸をうたれる。本書ではさらに第三世代の平田氏の心情や、第四世代となるその子どもたち、第五の世代の孫の誕生まで話題はひろがり、平田家の家族の姿を通して、松尾あつゆきとその娘みち子の物語がさらに厚みを増して浮かびあがってくる。

なんどでも人は出会えるものなのだ。無垢のまっさらな出会いにはじまり、年齢を重ね、考えを深め、生きる苦さも甘さも知って、出会いはそのたびに新しい出会いになる。松尾あつゆきの原爆句や日記の一部を読んだことがある方も、本書のページをめくり、彼の家族の物語を読むなか、原爆句の俳人の厳しくも情愛のあふれた精神性がそこに途切れることなく流れているのを新しく発見するだろう。

戦争や被爆の経験を継承していくとはどういうことか、本書は考えるきっかけになるはずだ。家族みんなで読み、ひとときでも語り合う時をぜひ過ごしていただきたい。

二〇一五年七月九日

もくじ

消せない記憶「八月九日」

語り継ぐ家族の被爆体験

二〇一五年五月十六日土曜日午後一時、私は長崎原爆資料館にある平和学習室の最前列に座っていた。

私の席はいわば主賓席というところで、通路を挟んだ隣には長崎原爆資料館長の中村明俊さんが座っている。中村さんというより芥川賞作家の青来有一さんと言った方がわかりやすいだろうか。

これから『「語り継ぐ家族の被爆体験（家族証言）」講話及び「俳人・松尾あつゆき」関係資料の受領式』が行われるのだ。

と言えば他人事のようだが、今日は私が主役である。

私は長崎に落とされた原子爆弾による被爆体験を俳句に詠んだ松尾あつゆきの孫である。祖父は原爆で妻と三人の子どもを失った。そして、瀕死の重傷を負いながらも生き延びた長女みち子（私の母平田みち子）を看病しながら、戦後の辛い日々を生き抜いた。今日は歴史的価値が高いとされる祖父の日記や遺稿などを長崎原爆資料館へ寄託し、その後に祖父や母の被爆体験についての話をすることになっている。

私の家族

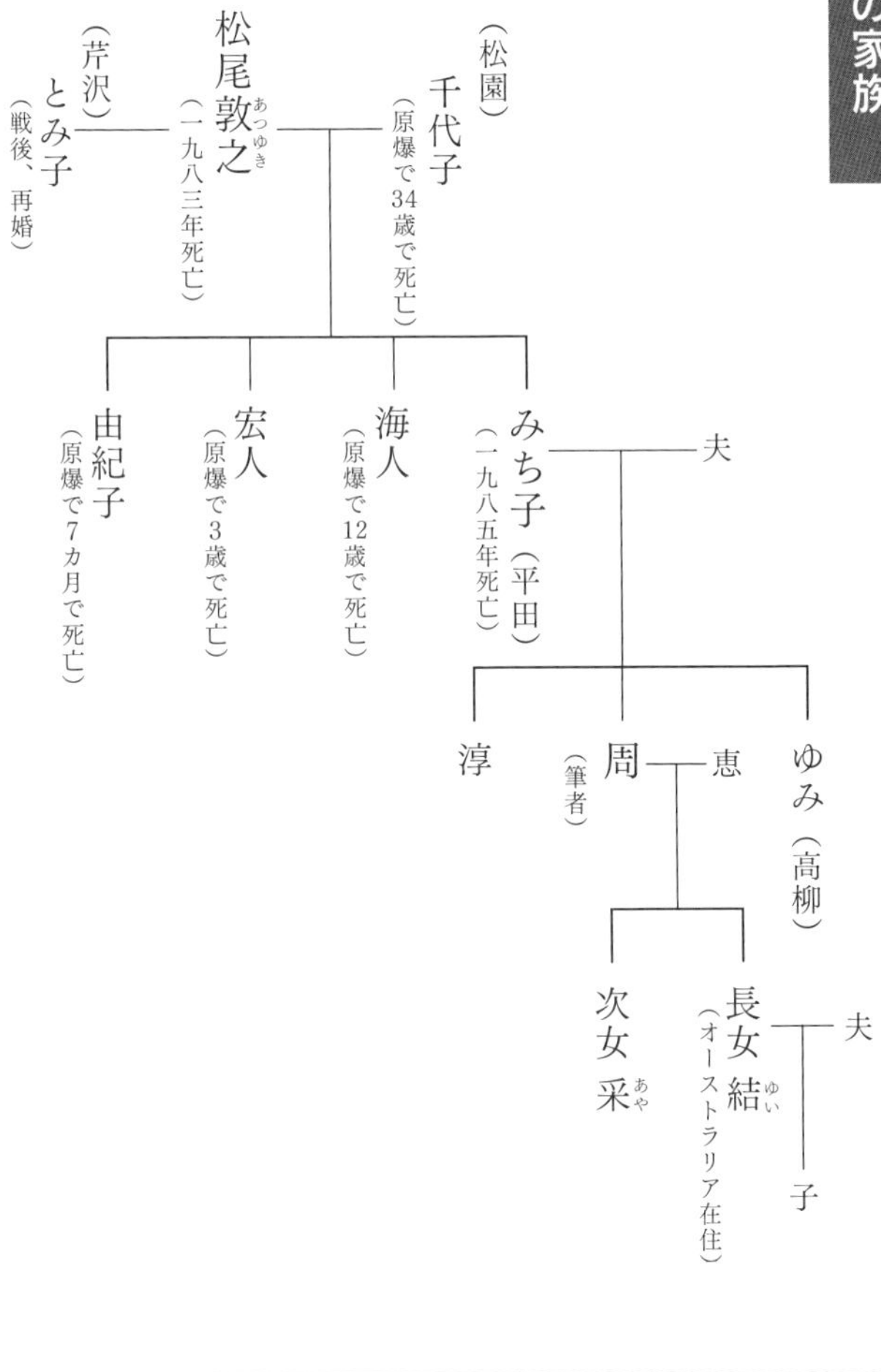

（松園）
千代子
（原爆で34歳で死亡）
松尾敦之《あつゆき》
（一九八三年死亡）
（芹沢）
とみ子
（戦後、再婚）
みち子（平田）
（一九八五年死亡）
夫
海人
（原爆で12歳で死亡）
宏人
（原爆で3歳で死亡）
由紀子
（原爆で7カ月で死亡）
ゆみ（高柳）
周
（筆者）
恵
淳
長女 結《ゆい》
（オーストラリア在住）
夫
子
次女 采《あや》

先ほど、会場にいる知り合いの記者から「周さん、すごく緊張していますね。笑顔がないですよ」と声をかけられた。平静を装っていたつもりなのに、傍から見るとそうでもなかったようだ。

それもそのはず、元来、私は話下手で引っ込み思案である。小・中学校の時の通知表には必ず積極性がなく話にキレがないと書かれた。今は学習塾の先生だから、話すのは苦にならないだろうとよく言われるが、それがそうではない。私にとっては誰を前にして話すかによって大きな違いがあるのだ。自分がまさかこんな場で、たとえ自分に身近な話をするだけとはいえ、知らない人たちを相手に話をする時が来るとは思いもしなかった。

しかし今、五十六歳の平凡な中年男が公衆の面前で、祖父と母の被爆体験を語ろうとしている。何故そんな気持ちになったのか、その経緯をこれから記しておきたいと思う。

「九日には死なせない」

出番を待ちながらまず私の頭をよぎるのは、母方の祖父・松尾敦之《あつゆき》が亡くなった時のことである。

今から三十二年前の一九八三（昭和五十八）年十月十日未明。七十九歳の静かな死であった。

その前の月に祖父は肺炎で長崎原爆病院に入院した。治療の甲斐あって病状は一旦快方に向かっていたが、容態が急変し母から危篤との突然の知らせがあったので、十月九日、私はあわてて帰郷した。

当時、私は福島県郡山市に赴任しており、知らせを受けてすぐ、開業して間もない東北新幹線に飛び乗り、東京から飛行機に乗り継いで長崎に帰り着いたときにはすでに夕方になっていた。

病室に行くと祖父はレスピレーターという人工呼吸器を装着されていて意識はなかった。日付が変わり病院の待合室で仮眠していると母から起こされた。急いで病室へ駆けこむと医者がベッドの側にいて、みんなが揃うのを見計らったように臨終を告げた。後に、祖母のとみ子は「九日には死なせないでくれ」と自分が医者に頼んだと述べていた。

八月九日に長崎に落とされた原子爆弾によって敦之は家族四人を一度に失った。その後とみ子と再婚したのだが、敦之の心に刻まれた悲しみは深く、彼らのことを松尾あつゆきとして俳句に詠み、その死を悼んだ。

　敦之と先妻千代子との結婚生活は十八年、一方、とみ子との生活は三十五年にも及ぶのだが、妻子が死んだ「九日」（正確には全員が九日ではないのだが、敦之はみんなの命日を九日としていた）に夫を死なせたくないと思ったのは、とみ子のひそやかな女心だったのだろう。

　祖父の死は新聞・テレビなどで報じられた。

敦之と千代子の結婚写真

　敦之は、松尾あつゆきの俳号を持つ俳人であった。祖父の俳句は自由律俳句というもので、教科書にも登場する荻原井泉水《おぎわらせいせんすい》に昭和初頭（一九三〇年代）頃より師事し、同門にはつとに有名な種田山頭火や尾崎放哉《ほうさい》がいる。

からすを呼んでいるのがからす　**荻原井泉水**
分け入っても分け入っても青い山　**種田山頭火**
咳をしても一人　**尾崎　放哉**

　荻原井泉水の妻寿子はとみ子の実姉であり、また山頭火が長崎に立ち寄った際には祖父が案内するなど、交流があった。

若い頃の私は、祖父がどれほど世間に認められているのかあまり興味もなかったが、葬儀場に集まった報道陣の数を見て、それなりに知られていたのだと認識し驚いた記憶がある。

それから二年後の一九八五年九月九日、私の母みち子は父親の死を見届けて安心したかのように五十五歳の生涯を終えた。

母は晩年一人暮らしであった。私の父とは早くから縁が切れていたため、姉ゆみは中学校卒業後に上京し看護師となり家計を助け、弟淳も進学のため東京へ行ってしまったので、私が地元の大学を卒業するまでは母と二人で暮らしていた。

その母親を一人にして私は東京の会社へ就職してしまったのである。家を出るよう母が強く勧めたからでもあるのだが、今となっては大変悔いが残っている。

「九日に死んでなるものか」

母の死後、私が以前勤めていた会社を退職して長崎に戻って来たのが一九九一年、三十二歳になっていた。長崎でマイホームを建てるという計画があったためだ。

新築したマイホームには祖母ととみ子の部屋を設けた。事前にとみ子に相談したわけではなかったが、家が完成した後にとみ子に同居を打診するつもりだった。

とみ子は、敦之が亡くなってからも祖父と暮らしていた家を出ることはなく、約八年間やはり一人暮らしをしていたからである。

敦之は、自分の死後はとみ子の世話を頼むという手紙を母に託した。勝気なとみ子の性格を心配しての手紙だったようだが、とみ子はそのことを知らない。その手紙は母から姉へ託され、母の死後それを私が読んだ。私は祖父の遺言ではあるが母の遺言でもあるのだと、それがずっと頭に残っていた。それがあって、とみ子に同居を申し出たのだが、孫の世話になるつもりはないと一蹴された。老いて一人で何も出来なくなったなら、老人ホームにでも入るわよというのが、とみ子の口癖であったのだ。血の繋がっていない孫に対する遠慮だったのではないかと思う。

それが、それからわずか二年後に今度はとみ子の方から同居を求めてきた。住んでいる自宅の契約を更新するかどうかを悩み、また年齢も七十歳を過ぎて身体をこわし入院を経験するなど、一人で暮らすのが心細くなったからであろう。老人ホームも、自分の性格からは馴染めないと思ったようだ。こうして私たちは同居することになった。

私には娘が二人いるが、同居を始めたのはそれぞれ七歳、三歳の時である。子どもがいなかったとみ子は、初めは娘たちとの暮らしに戸惑ったようだったが、そのうち娘たちはとみ子の部屋に入り浸るようになり、とみ子も晩年は楽しく過ごせたのではないだろうか。

そのとみ子は、二〇〇九年九月十日八十九歳で亡くなった。とみ子も敦之と同じように、「九日」に危篤となったのだが、一旦意識が回復した時、私に何日かと尋ね、「九日」ということが分かると、しばらく何か考えているかのように宙を見ていた。そしてその翌日、十日の早朝に亡くなった。

自分が死ぬときまで、「九日」にこだわったかのようだった。

敦之の後妻・とみ子。敦之の死後、私（筆者＝周）の家族と同居し、孫たちをかわいがってくれた。原爆で失った妻子に思いを残しながらも、晩年、あつゆきは「雪の雫干し物の雫この女を仕合わせにしたし」とも詠んだ。

運命の日「九日」

「九日」に落とされた原子爆弾で敦之は妻子を奪われ、「九日」を夫敦之や自分の命日にはしたくなかったとみ子。けれど、私の母みち子は「九日」に亡くなった。姉の長男は「九日」に生まれ、私の初孫も「九日」に生まれた。私たち家族は偶然とはとても思えない「九日」という日が抱える運命ともいえる大きな意味を、かみしめて生きている。

とみ子の死を境に、私の周辺が少し騒がしくなった。祖父の遺品を私が管理することになったからである。遺品の整理をしていると古めかしい段ボール箱の中から三十数冊の祖父の日記を発見した。祖父が日記をつけていたことを知ってはいたが、実物を見たのはそれが初めてのことであった。報道関係者などにはあつゆきの日記は広く知られていたようで、とみ子に、見せて欲しいとの依頼が時々あったようだが、とみ子は頑として首を縦にはふらなかった。日記には、祖父が原爆によって亡くした妻子を思いながら生きたことや、とみ子との生活などが赤裸々に綴ってあるので、公開することに耐えられなかったからだと思う。

なにもかもなくした手に四まいの爆死証明

これは、よく引用されるあつゆきの代表句である。

ある時、この句に詠まれている「爆死証明」を見せてくださいという依頼が私にあった。とみ子の存命中のことであったので、そのことを尋ねてはみたが、その頃から床に伏せることが多くなったとみ子の返答は要領を得ないもので、あるのか、ないのかさえ分からなかった。

　だから、その爆死証明書のありかについて何かヒントがあるのではないかと思い、日記を読んでみることにした。

　段ボールから日記を取りだす。一冊ごとに敦之の几帳面な文字が並び後から書いたであろう連番がふってある。一番から十冊あまりは市販されている日記帳ではなく、原稿用紙やわら半紙のようなものを綴じ紐でまとめてある。

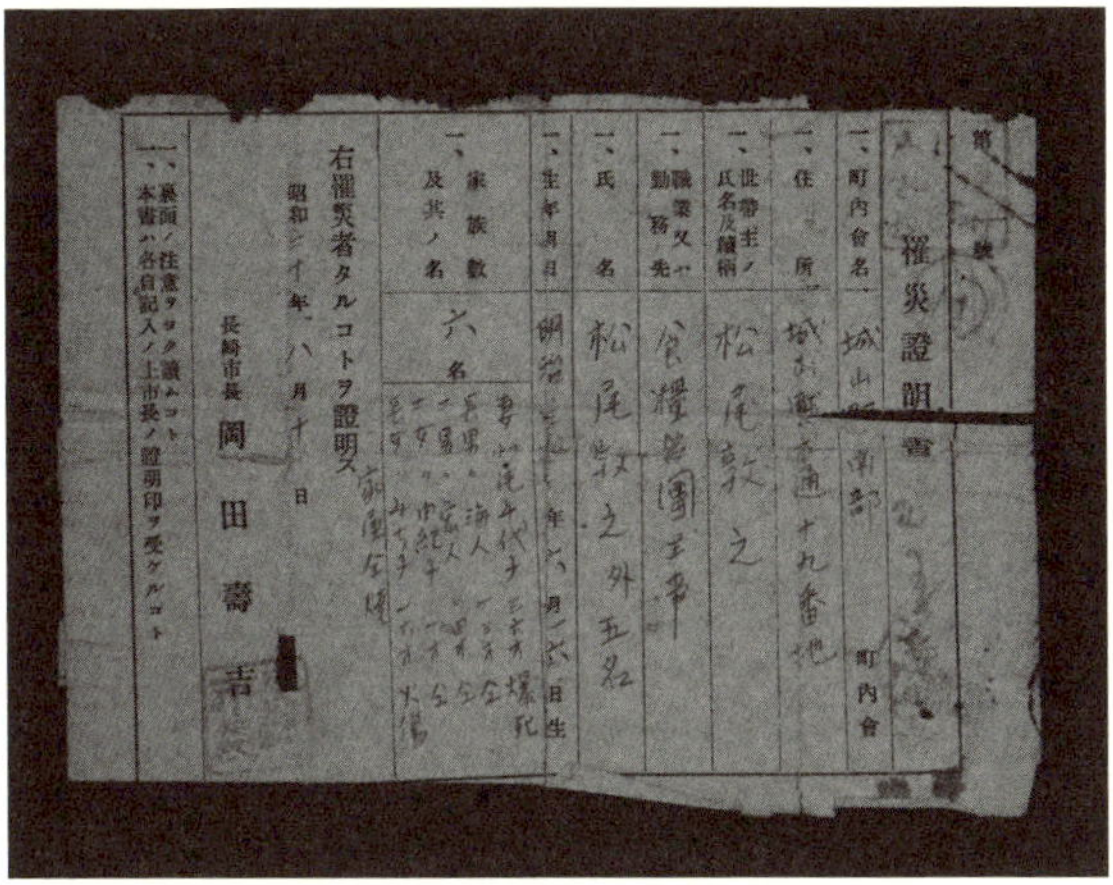
罹災證明書
一、町内會名　城山町南部　町内會
一、住所　十九番地
一、世帯主ノ氏名及續柄　松尾敦之
一、職業又ハ勤務先　食糧營團主事
一、氏名　松尾敦之外五名
一、生年月日　明治　年六月　日生
一、家族數及其ノ名　六名
妻　松尾千代子　爆死
長男　海人　仝
二男　宏人　仝
二女　由紀子　仝
三女　みち子　大傷
家屋全焼
右罹災者タルコトヲ證明ス
昭和　年八月十日
長崎市長　岡田壽吉
一、裏面ノ注意ヲヨク讀ムコト
一、本書ハ各自記入ノ上市長ノ證明印ヲ受ケルコト

災害に遭ったことを記す「罹災証明書」。食料のほか、毛布やマッチなどの生活必需品の配給、転出など移動にこの証明書が必要だった。敦之の家族4人が「爆死」と書かれている。あつゆきが「なにもかもなくした手に・・・」と詠んだ「爆死証明」は取得したことが日記に書かれているが、いまだに現物は見つかっていない。

焼け野原に立つ爆心地を示す標柱。1945（昭和20）年10月、理化学研究所の調査団が建物に残った影から爆心地を割り出し、煙突の残骸に「爆心」と記した。この地は「松山町171番地」、別荘地のテニスコート跡とされる。今は黒御影石で作られたモニュメントが建つ。

祖父松尾敦之との対話

松尾あつゆき（本名・敦之）
（1904〜1983）
荻原井泉水に師事し、五七五や季語にとらわれない「自由律」の俳人として知られる。昭和20年8月9日の長崎原爆で妻子4人を失い、その悲嘆を句に詠んだ。

昭和17年ごろに撮影された家族写真（前列中央が敦之、隣に妻千代子、右端は長男海人、後列右は長女みち子）

私が生まれた日の電報

私がまず手にしたのは、私が生まれた年の日記であった。

『二〇ヒコ一〇シ一〇フンオトコ二キロ八オヤコトモブジアンシンコウ』

これは、昭和三十三（一九五八）年の日記中、六月二十日と二十一日のページの間に貼ってある電報の文面である。分かりやすく書きなおすと『二十日午後十時十分、男の子生まれる。体重は二八〇〇グラムで親子とも無事だから安心されたい』ということである。

私が子どもの頃、母からよく母子手帳を見せられ、自分が十時十分に生まれたことは知っていた。少し話はそれるが、その頃に時計を売っている店に行くと壁にかけられている時計は必ず十時十分をさしていた。だから私はずっとその時刻を覚えているのだが、こんな古い日記に貼ってある電報にその時刻を見たときには、何とも言えず嬉しくなった。

続いて二十一日の日記には、

「やっと安心した　返電『オメデトウアンシンシタタイセツニイノル』」

とあり、さらに二十二日には、

「丸光に行って夕食。みち子出産、私の誕生を祝ってビールをのみ、鉄火巻、五目そばをたべる」

と綴っている。（筆者注・祖父の誕生日は六月十六日）
その頃長野県に住んでいた祖父は電報で私の誕生を知ったのだ。酒好きだった祖父が美味しそうにビールを飲んでいる姿が目に浮かぶ。

師の義妹と再婚

祖父は昭和二十三年五月に長野県出身の芹沢とみ子と再婚した。とみ子はあつゆきが師事した荻原井泉水の妻寿子の実妹である。師の義妹を妻として迎えることに門弟としてとても悩んだようだが、周囲の勧めもあり結婚することにした。それを機に昭和二十三年十月に長野に移り住むことになった。とみ子との結婚に際し、とみ子の両親の世話をするという約束があったからである。祖父も『原爆句抄』あとがきに「心の痛手を癒して、新しい生活に入るには、被爆地を遠く離れるに如かず、と考え、幸いつてがあって、長野県の高等学校に転任した」と述懐している。その後、祖父は私が三歳の時に長崎に帰ってきたのだが、私たち家族と同居することはなかった。

松尾あつゆきとはどういう人だったか、と私に聞いてこられる人がいる。

私は祖父にかわいがってもらった記憶はない。また笑う姿も見たことがない。友人たちから、おじいちゃんと孫の仲睦まじい話を聞くたびに、寂しい思いをしたものである。

私は中学や高校の時に毎週日曜日、祖父宅へ通い、英語や数学を教わっていたこともあり、ただ単に先生と生徒といったクールな関係であった。

教わっている最中に私的な会話をした記憶もないし、私はまるで親しみを感じてはいなかった。ただよく覚えているのは、分数の計算で計算手順を間違った時に、「君は分数の計算をそんな風にするのかね」と眼鏡の奥から言われたことだ。決して厳しい言葉ではないけれども、思わずきりりと身が引き締まるような言い方であった。

そんな祖父が、日記の中ではあるものの私の誕生を喜び、大好きな酒で祝杯をあげている。全く予想だにしなかったことだが、そこにはまさに孫思いの「おじいちゃん」の姿がみえてくる。

余談であるが、祖父は大の酒好きで戦争前には、よく深酒をして道路に寝ており、その度に近所の人が教えてくれて、ご機嫌な敦之を連れて帰ったと、母が話していた。親しい会話もしたことがない祖父にそんな面があったとは信じられなかったものである。

私は、祖父が遺した日記の中に祖父を探し自分を見つけるがごとく、爆死証明のことなど忘れて読み耽ることになったのである。

小さな幸せ―家族の暮らし（祖父の日記より）

昭和十九（一九四四）年九月一日

前線にいる気持ちでこの日記を書く。恰《あたか》も兵隊が死生の間を出入しつつ其のうつそみの日記を書きつけるように―。

だからこれは断片的である。

曾《かつ》て、句を作ることは私の生命であったが―今もその気持ちだけは失いたくないが―戦局苛烈、一瞬の予断も許さぬ今日となっては、句を作る暇はあっても、句を練るゆとりがない、これは正直な告白であり、文学を志す者がこんな弱音を吐いては駄目だと自らを叱るのであるが、空襲に曝されている昨今は正直な話、兵隊が日記を書く位の心の余裕しか、銃後に在って、持ち得ないのである。

北九州及び西九州は、既に数度の空襲をうけた。この長崎は幸いにして一回だけ、而《しか》も私など現地を見もしないほどほんの局部的な被害で済んだ。然《しか》し、白晝《はくちゅう》而も八十機を以て襲い来る程の大膽《だいたん》さを持ちはじめた今日では、毎夜の如く今夜は来るか、と思いながら寝に就くのである。殊に十四日十五日の月が澄みわたれば、昔の風流はいづこ、月のさしこむ枕もとに一切の服装を整えて置かねばならない。

こんな夜がつづくに連れて次第に覚悟がついて来るのである。直撃弾を食ったが最後、一切御破算、惜しいことをしたと悔やむべきこともなく、雲散霧消する身であって見れば、次第に不逞な心構えとなって、警報のサイレンが鳴ると共に敵機来襲の豫期に違わずと床を蹴って跳び起き、防空服装、鉄兜《かぶと》、ゲートルを巻いてとび出すのである。

なんとなく心ときめき胸がはづむのは、生を享《う》けて以来、或は人類史上、めったに経験し得ぬことに対する期待に対する血のよろこびであろうか。

妻子の身を案ずる点はどうか。緊張し切った中に、「防空壕によく入って居れ」とか「頼むぞ」とかいう簡単な言葉を残して行くに過ぎない。その後では多分、妻子が壕の中にかたまって、それこそ生死を共にするという覚悟の下に恐らく我々男子よりも泰然としているらしい。

結局、死生観であり悟りであり、そこを一枚破れば恐ろしいものはないのである。

勿論妻子のために疎開を考えぬ訳ではなく、或は疎開しなかったことを後悔して既に及ばぬことになるかも知れぬが、殊に家系を考えるとき、ほんとに疎開のできぬ境遇を悲しむのであるが、又、将来祖國のために残すべき義務ありと幼児のことを切実に考えるのであるが、現在の自分としては施すべき術がない。運命である。運が拓けて来るのを待つより仕方がない。

いろいろ複雑な心理や事情を身につけたまま雲散霧消するかも知れぬ、と考えて置くことも一種の悟りであろう。こんな点にかけては妻や子の方が徹底しているかも知れぬ。とにかく今夜は美しい月である。

十一月二日

朝夕せめてもの落ち着きを得たい、読んだり、考えたりする場所を得たい、という考えから、子供二人の勉強している机のそばに机をすえて狭いながらもいくらか落ち着いた気分になった。狭いといえば僅《わず》か六畳に机三つ坐り、寝るときには蒲團《ふとん》二つ敷くのであるが、共にいるのが我子であって見ればこれも愉しきことである。

朝食後出勤までの時間を坐り、夕食後寝るまでの時間をたのしく過ごす。夜長の燈の下に、このごろは楽しさが湧いて来た。

空襲の時最も気遣われるのは長女の身である。軍需工場に行っているのであるから第一の目標になることは疑ない。本人に覚悟の程を聞くと、莞爾《かんじ》として戦死を答える。それを聞くと、聞いた方が却《かえっ》て恥ずかしい位である。

大君に捧げまつる身の、何の惜しいことがあろう、つまらぬことを聞いたものであると、こちらも心がひきしまる思がする。空襲の危機を言うこと勿れ。日日是好日、とは、句々是遺言、ともいえるし、時々刻々、分秒毎に精魂を傾けて仕事をすることである。右顧左眄《うこさべん》、遅疑逡巡は堕落である。

日日是好日

十一月十七日

このごろの日課、朝七時頃起床、朝食。

朝食後、二階表を掃き、机前に正座、たばこ一本。（たばこは一日六本の配給であるが、口付は少ないため、朝と夕とこの机の前にて一本ずつ喫むのがたのしみである）

井泉水編「俳人読本」の其の日の分を読む。又は、此の日記を書く。

八時半頃より支度して出勤。

九時朝禮《ちょうれい》、執務、申請書などを多く作る。

正午より一時まで晝食《ちゅうしょく》、帰宅して食べる。

五時終了、帰宅、夕食、夕食の前後宏人と遊ぶ。

夕食後、二階に上がりて机に座り一服。そろばん一算。

その後は、ゆっくり好きな本を読む。また、句を作ったり考えたり。

九時頃まで、子供と机を並べての読書は、現在の生活中にて最も楽しい時間である。九時より海人も就寝、私は床に入って雑誌を読んだりして十時消燈(これは一般も同様で管制に入るのである)就寝。

妻とみち子は晝間の疲れで、宏人と共に夕食後間もなく就床、泥の如く眠る、実に憐れであり、何とも言いようがない。

十一月二十八日

夜、妻、海人、宏人を連れて映画「野戦軍楽隊」を見る。みち子は先日学校から見に行った。千代子を映画に連れたのは約一年ぶりで、「海軍」の時だった。常に忙しく、常に疲れているので可哀そうである。

昭和二十(一九四五)年一月十三日

敵はついにルソン島に上陸した。この数カ月で皇國の運命は決すものと見なければならない。

生命すでに國に捧げたる以上、何の思い残すところなく戦いたい。妻子に対する恩愛の絆も、この覚悟の前には弱いものである。が、銃後にあれば大体に於いて妻子と生死を共にすることが出来るだけでも、幸である。

一月二十日
此の数日寒気がきびしく天気がわるい。東海地方には晝夜の別なく敵機の来襲あり、気の毒である。千代子も臨月となり宏人はまつわりつくし千代子も可哀そうである。それに食糧も思わしくなく心にかかることばかりで心中ほんとに可哀そうでならない。

一月二十三日
昨夜は千代子が腹が痛んで心配した。もう出産の日も近く宏人は手をとるし、食べ物はなく千代子が可哀そうである。
昨夜は実に不思議な夢を見た。よく夢をみるが昨夜のは実に複雑で心理的で、而も過去現在或は未来もひっくるめたようなものであった。

由紀子誕生

一月二十三日午後三時
案の如く晝食に帰って見ると模様が悪いので産婆さんに報せ営団に早引きの届をする。
帰宅して産婆も来、矢の平（筆者注・千代子の実家）からも来て、午後三時めでたく安産。僕は二階で宏人を遊ばせていたが産声を聞いてホッと安堵した。その頃雪がちらちらして来た。

夜、僕は宏人を抱いて寝る。よく聞き分けて良かった。

翌日は僕が欠勤し、次はみち子が休んで呉れることにす。

とにかく実に有難い気持ちだ。空襲にもぶっつからず母子共に無事であったこと何より嬉しくて堪らない。

一月二十四日

実に美しい雪だ。街の屋根、街の周りの山につんだ雪が日に輝いていて実に荘厳。

光が雪の雫が、此子ゆき子と名づけようかとも

ついに由紀子と命名。これは又あつゆきにも通ずるもの。赤い顔してすやすやねている。

上級学校志願者父兄懇談会へ缺勤《けっきん》を利用して行き、吉浦先生と会う。とにかく良かろうから長中を受験せよと勧めらる。嬉しいけれども熟考することにす。

二月十五日

海人の入学試験も迫った。首尾よく入学することを祈る心でいっぱいだ。身辺の葛藤に悩まされて日を暮している中に、戦局は日に日に我に不利に進展し、比島の運命も図り難く、既に敵はマニラに入る。敵本土上陸も不可能と一笑すべきでなく、九州の一角を敵に渡すことも起り得べきことと伝えられている。いろいろのことに日夜心を痛めているに拘らず、みち子以下子供達が皆健やかに育って行くことは、感謝の外ない。実に有難いと思う。合掌。

祖父敦之の生い立ち

長崎に原子爆弾が落とされるまでは、戦時中で何かと不自由ではあったけれども妻子に囲まれて楽しく過ごし、子どもたちの将来に大いに期待していることが手に取るように分かる。

敦之は、一九〇四（明治三十七）年六月に現在の長崎県北松浦郡佐々町で小野家の三男として生まれたが、三歳の頃に実の父親が亡くなったので、長崎市の松尾家に養子に出された。松尾家の養母は実父の妹だった。男子がいなかった松尾家では大切に育てられ、長崎高等商業学校（現在の長崎大学経済学部）卒業後は長崎市立商業学校の英語の教師となった。

しかし、実の母親からは捨てられたという思いが強かったようである。

その後、血縁の養母が昭和十四年に亡くなってからは、養父との関係もギクシャクしていたことが日記から読みとれる。

一九四五年四月、現在の長崎市役所付近に住んでいた祖父一家は、強制疎開により爆心地から約七〇〇メートルという至近距離の市内北部の城山町に移り住むことになる。強制疎開を機に養父とは別居することになった。そこで初めて、祖父は自分が築き上げた家族と一緒に夢にまで見た自分たちだけの生活を始めることができたのだ。原爆投下のわずか四カ月前のこと、運命とは実に数奇なものである。

祖父はまた、教え子たちを戦場に送りだすには忍びなく、教師とは何たるかに悩み、校長とも対立したため、原子爆弾が落とされる前の年に長崎県食糧営団本部に転職していた。

食糧営団の職場は爆心地から南へ三キロ以上離れているので、祖父は被爆による外傷はなかった。そのまま学校に勤めていれば落下中心地よりわずか一・一キロ程だったので運命がどうなっていたかは分からない。

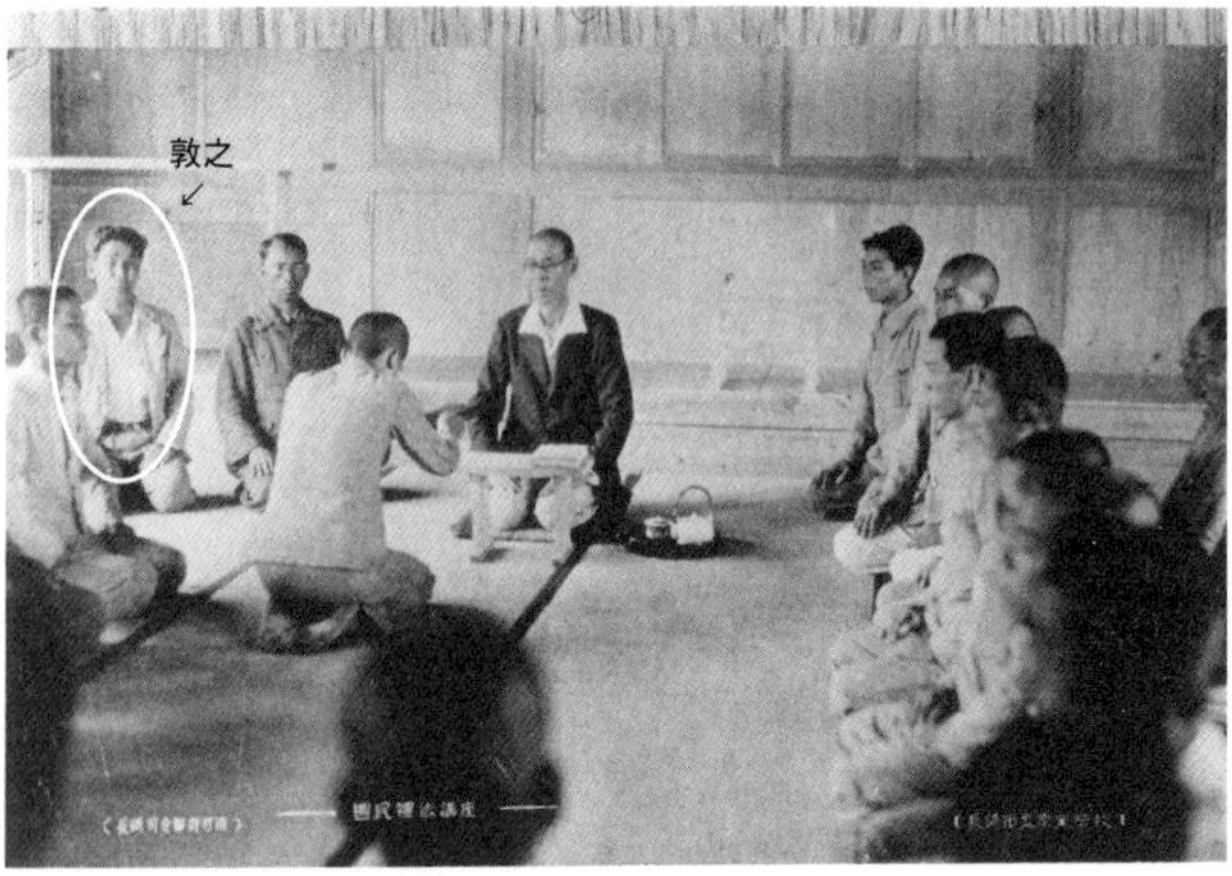

敦之が勤めた長崎市立商業学校は爆心地から北西に1.1ｋｍ。原爆で校舎など全てが全焼・全壊し、職員を含む百数十人が死亡した。写真は修練道場で戦争遂行の決意を高めるための指導・教育に当たる様子で、教職員の中には敦之の姿も見える。

笑いを忘れた祖父

日記の中の彼は、子どもたちに精いっぱいの愛情を注いだ普通の父親であった。そんな彼が笑いを忘れたのはやはり原子爆弾のせいであったのだろう。

祖父とのことで感慨深い記憶がひとつだけある。それは墓参での出来事だ。我が家では月に一度、原爆が落とされた九日頃の休日にお墓参りに行くのが一大イベントであった。お墓で祖父は原爆で亡くなった妻子と対話するのを心待ちにしていたようだ。いつも一段高い所に立って空を見上げ、時おり手に持っていたノートに何か書き留めていた。

祖父が亡くなったあと、祖父のことを想う時はいつもきまってその姿が目に浮かぶ。だいぶ後になってそのノートが句帖だったことを知った。

子の墓、吾子に似た子が蟬とっている

この句に詠まれているのは私か弟だろうが、私たちの姿に重ねていつまでも年をとらない自分の子どもの姿を見ている子煩悩な父親がそこにはいる。

私たち孫に我が子らを重ね、彼らが苦しんで死んでいったのに、自分だけ生き残って、笑っ

て過ごすことは許せなかったのだろう。

八月九日から終戦の十五日までのことが日記には詳細に綴られている。

その時、敦之四十一歳、千代子三十四歳、長女みち子十五歳、長男海人十二歳、次男宏人三歳、そして次女由紀子は七カ月であった。

筆者注・本書では満年齢と数え年が混在していますが、日記は原文通り、数え年のままにしました。

運命の日

被爆当時の松尾家の状況

1945年 8月 9日午前11時 2分、アメリカ軍の原爆搭載機ボックス・カー号から1発の原子爆弾(原爆) が長崎に投下された。爆弾は松山町《まつやままち》の上空およそ 500mで炸裂し、死者 7万4000人、負傷者 7万5000人と長崎に壊滅的な被害をもたらした。

原爆投下当時、敦之の家族は

敦之:職場・県食糧営団本部で勤務(常盤町、爆心地から南に約 3.8キロ)

長女 みち子: (当時 15歳　県立高等女学校 4年)

動員先の三菱重工長崎兵器製作所茂里町工場に学徒報国隊として勤務(茂里町、爆心地から南に 1.4キロ)

妻 千代子(当時 34歳　主婦)

城山町の自宅(爆心地から 700メートル) から**次男 宏人**(3歳)、**次女 由紀子**(生後 7ヵ月) を連れて、買出しに出かけた。

長男 海人(12歳、旧制長崎中学校 1年)

城山町の自宅の縁側で工作をしていた。

原爆の威力は①熱線、②爆風、③放射線の３つに分けられる。

爆発直後の爆心地(地表) の温度は 3000～ 4000度に達したとされ、爆心地から半径３～ 4キロに至る地域まで火災や人体にやけどをもたらした。また、爆風は爆心地から 1キロの地点で風速 170m／秒あり、建物の倒壊や構築物やガラスなどを損壊させた。このため、建物の下敷きになったり、自ら吹き飛ばされたり、飛んできたものにあたるなど死傷者が出た。

放射線被害は人体の細胞を破壊し、被爆直後から現在に至るまで、がんなど様々な疾病・症状を引き起こしている。そして、未だに放射線被害の全容は解明されていない。

松尾敦之の家族と原爆

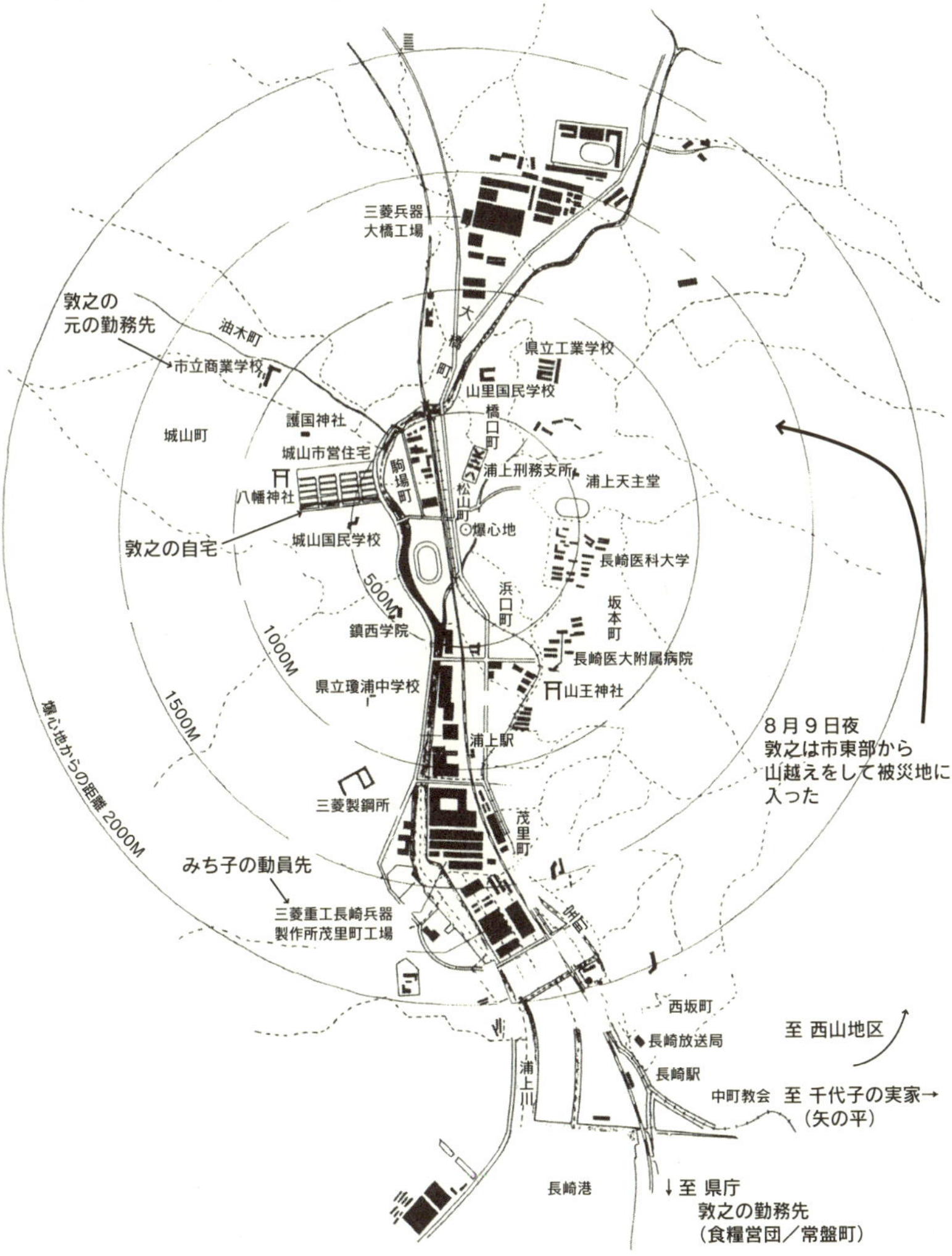

※原爆被災復元調査事業報告書を基に作成

敦之がいたところは爆心地から遠く、屋内にいたため、外傷等はなかった。しかし、みち子は屋内にいたものの被爆距離が近く、大やけどを負った。多くの被爆者が被爆後、脱毛や下痢、嘔吐、歯茎などからの出血など「急性症状／急性放射線障害」と呼ばれる症状を訴えているが、みち子、そして至近距離で被爆した千代子や海人にもこうした症状があったことが敦之の日記から見て取れる。

また、被爆から 1年以上経ってから発生する「後障害」には発がんや遺伝的影響があるとされ、被爆者は生涯にわたり「いつ、被爆の影響が出るのか」不安におびえることになる。こうした憂うつさや恐怖症とあわせて、「自分だけが生き残った」と罪の意識を感じるなど被爆者の多くが精神的にも苦しめられた。

城山方面を望む。丘の上の城山国民学校の右手に敦之の自宅があった。

敦之の自宅近くの城山国民学校（爆心地より西約500m）。被爆校舎の一部が今も保存されている。

城山国民学校に残る荼毘の跡。あまりの死者の多さに火葬場は機能せず、木切れなどを集め、荼毘に付したという。（撮影：林重男）

原爆投下（八月九日）から終戦（十五日）まで（祖父の日記より）

八月九日

その時は警戒警報発令中であった。その日午前八時頃からの空襲警報のために勤務先の食糧営団では例の如く活水女学校崖下の横穴壕に入り、九時半頃空襲警報解除（即《すなわ》ち警戒警報に入る）と共に壕より書類を持出し、執務をはじめた。この日快晴、暑いのでシャツ一枚である。私は前夜宿直で自宅に帰らなかったが、その夕妻より、食事に戻らないのか、と電話がかかったので、此《こ》の日より帰宅してはいけないことになった、広島の空襲の惨害はひどかったそうだからよく注意して呉《く》れ、と返事をした。

然し広島の実情は殆《ほとん》ど知られて居らず、唯、敵機二機により四里四方被害を受け死傷七、八万出た、という程度のことを脇山部長より聞知っていただけであるが、それに依りそれとなく妻に注意して置いたのであった。原子爆弾の性質に就《つ》い

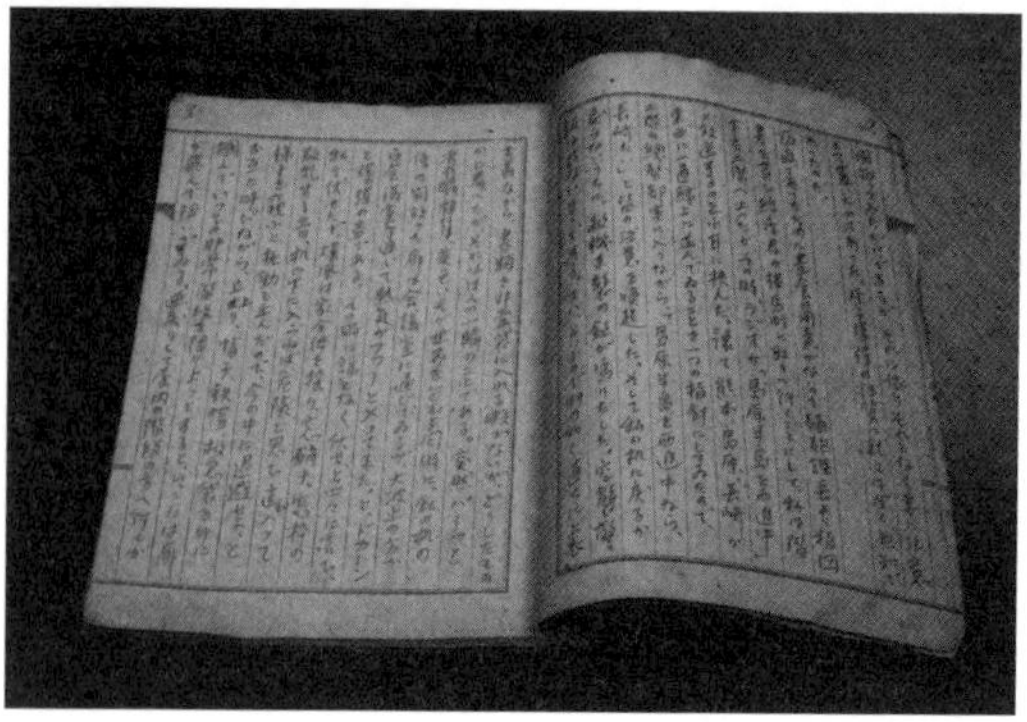

ては全く無知であったのだ。

宿直であったために昼食の用意がないので麺麭《パン》課長より指図書を貰い綿屋君が樺島町に取りに行くことにして、私は階下より二階へ上ったが、その時、ラジオが「島原半島を西進中」と放送するのを小耳に挟んだ。予て熊本、島原、長崎が東西に一直線上に並んでいることを一つの指針にしていたので、二階の総務部室に入りながら、「島原半島を西進中なら、長崎たい」と皆の注意を喚起した。そして私の机に戻るか戻らないうちに、敵機来襲の鉦が鳴りだした。空襲警報は出ないままである。スハ、というので例の如く直ちに上衣を着ながら、書類を非常袋に入れる暇がないが、どうしたものかと考えたが、それはほんの一瞬のことである。

突然パーッと、黄色い光が世界を包むと同時に、私の机の傍の開放った扉は会議室に通じているが、大波止の方から会議室を通じて熱気がフワーと入って来た。と、ドカーンと爆弾の音である。その時に誰となく、伏せ、と口々に言い、私も伏せたが、爆風は家全体を揺り、窓硝子、窓枠の散乱する音、机の下に入らねば危険と思い這い入って様子を窺うと振動も止んだので、今の中に退避せよ、とお互に叫びながら、立上り、帽子、鉄帽、救急袋を手に摑んでいつもの非常階段を降りようとすると、そこには扉が飛んで阻いでいる。逆戻りして屋内の階段の方へ行くが、窓枠、硝子など飛散して危険である。私は水虫のために草履をはいていたので特に歩きにくい。（これは壕の中に地下足袋とはきかえた。）辺りは得体の知れない黒い煙が立罩《こめ》ている。どこか此の付近に爆弾を投下されたものと思ったので、皆あわてて壕へ駈けたが、硝子のために負傷したものがかなりあるらしい。
壕の中では負傷者の手当をしたが、最も重傷は臀部に硝子が入ったのである。そのうち、加工所や倉庫から逃げてくるものがあり、火傷を負ってくる者がある。隣の壕は陸軍病院の使用であるので、そこで手当を受けている。敵機来襲の鉦がなるので殆ど外へ出られない。大波止や長崎駅附近より火災が起り延焼している。一寸の隙に活水女学校の崖の上より見ると火煙濛々として茂里《もり》町の兵器製作所あたりまでは燃えているという見当がつくが、その向うは全然分らない。兵器に勤めているみち子の身の上が案じられる。又、遙か城山《しろやま》の方の山が火災を起しているので城山方面も火事ではないかと思うが、一向その方面の情報が入らない。

午後の四時頃であったろうか、時間がもうはっきりしなくなっていたが、県立高女（筆者注・長崎県立長崎高等女学校）に乾パンを出しに経済保安の指揮でトラックが行くので、虫の知らせかその仕事をやろうと便乗して行く。火災は愈々《いよいよ》延びて県庁も焼け、火先は大体豊後坂まで来ていた。あや子（筆者注・妻千代子の妹）さんの家も焼けたらしい。女学校に着くと、倉庫警備の深川さんより、お嬢さんが怪我してここに来ている、と告げられる。驚きと喜びに早速《さっそく》先生から橘寮に案内される。そこに両手と顔を火傷したみち子がいた。起きていて、歩ける。何ということなしに涙がでた。外に五、六人の女学生がいた。

みち子の語るところに依ると、兵器製作所でいつもの通り仕事をしていると、不意にパーッと光がさし同時にドカーンと音がした。（光と音と同時であるから爆心に近いと思われる）気がついた時は机の下に這い込んでいた。あたりは変にシーンとして静かである。あれだけ沢山《たくさん》いた人達の声がしない。僅かに五、六人出てきて、その中にはどこから来たのか全然顔を見知らぬ女もいた。階下へ下りようとするが、階段がなくなっている。一つ残っていた階段があって、それも歪み、中途から下はなくなっているのをやっと助けられて下りる。眼がみえない、松尾さん助けて、という女事務員もいたが、どうすることも出来ず、幸い作業に来ていた海軍さんが助けたらしい。自分は両手の皮が剥げてぶら下っているのに気付いたが、割合に痛くない。経専（筆者注・長崎経済専門学校）の生徒の松本という人らしいのが、傷は軽い、頑張れといって、連出して呉れた。自宅の城山へ帰ろうと思ったが、火災中なので、松本さんに連れられて市中の方へ逃げる。途中倒壊した家の下から助けてくれという声がきこえる。経専の生徒は友人二、三人と共になり、放送局附近にてそんな人の救出をはじめたので、自分一人走る。だんだん火が拡ってくるので、

みち子が動員された三菱兵器・茂里町工場の被害

放送局の崖上へ廻り、放送局で油をつけて貰う。それから中町《なか》の天主堂附近が火災なので筑後町の方を通ったが、火に追われ熱い。誰か勝山学校へ行けというので、そこへ行った。

そこには沢山の負傷者が来ていたが、一向友だちの顔は見当らない。医者が沢山いたが、自身頭に負傷していた。火傷はまだあまり来ていないで、怪我が多い。怪我の手当をする医者は丁寧のようであったが、火傷の方は不親切で油様の薬を自分で塗れという。首のうしろは判らないのに、それに自分で塗れという。仕方がないから運動場に出て自分で塗り、市商（筆者注・長崎市立商業学校）の生徒が繃帯《ほうたい》をして呉れた。その間も敵機がひっきりなしに来る。それでプールと講堂の間に坐って一時間以上いたが、友だちが来たのでその手当が終ると一緒に県立高女に向った。そのころ諏訪神社の山のうらの空が真赤であった。高女の門のところに校長先生が立って居られたが、何か言われたときは涙がでた。女学校では看護婦さんが更に指の間や自分の知らなかった肘のうしろにも薬をつけ繃帯を巻きかえてくれた。どうして火傷したのか、と不思議がっていた。すぐに医務室に寝たが、嘔気《おうき》が起って吐いた。

みち子の火傷は左方から光線を受けたらしく、左の耳を中心に顔面少し、首のうしろ、手は左手の肘のうしろから指まで大体表面を、右手は手首の裏から拇指《ぼし》まで、である。普通なら正面からやられた筈であるが、幸にして丁度右へ振向いた時だったらしい。足を怪我しなかったこと、当日は下駄でなく靴をはいていたこと、経専の生徒により城山の方へでなく市中の方へ逃れたこと、階段が一つ毀《こわ》れのこったこと等は不幸中の幸であった。

県立高女で私はみち子に出会い、矢ノ平へ連れていった。そして、みち子の無事なることを城山の自宅へ知らせて安心させたいと思い、火災を避けて西山水源地より浦上《うらかみ》神学校へ出る峠道を採ることにした。午後の七時頃であったろうか。

峠へかかるころは真暗《まっくら》であったが、福田幸子さんと会う。父がきょうから兵器工場に勤めることになったが、未だに戻って来ないので探しに行く。まだどの課につとめているかとはっきりしないので途方にくれている、との事で、一人の青年と出掛けてゆくところであった。向うからは三三五五という風に負傷者が峠をこえてくるのに出会う。その人達の言により道が塞っていて危険だというので、福田さん達は途中から引返した。

私一人峠をこえてゆく。こえると、山中でちろちろ雑木など燃えている。敵機の目標になるのに何故消さないのだろう、と思いながら下ってゆくと、闇の中に百姓屋が倒れたり焼けたりしているのがわかる。人気はない。時々、誰か、と闇の中から聞くものがあるので、通行人だ、と答えると、黙っている。何のため聞いたのか、不審な気持である。道の中に木が倒れたり電線が散らばったりしてい

1945年8月7日（原爆投下の2日前）の爆心地一帯　撮影：米軍

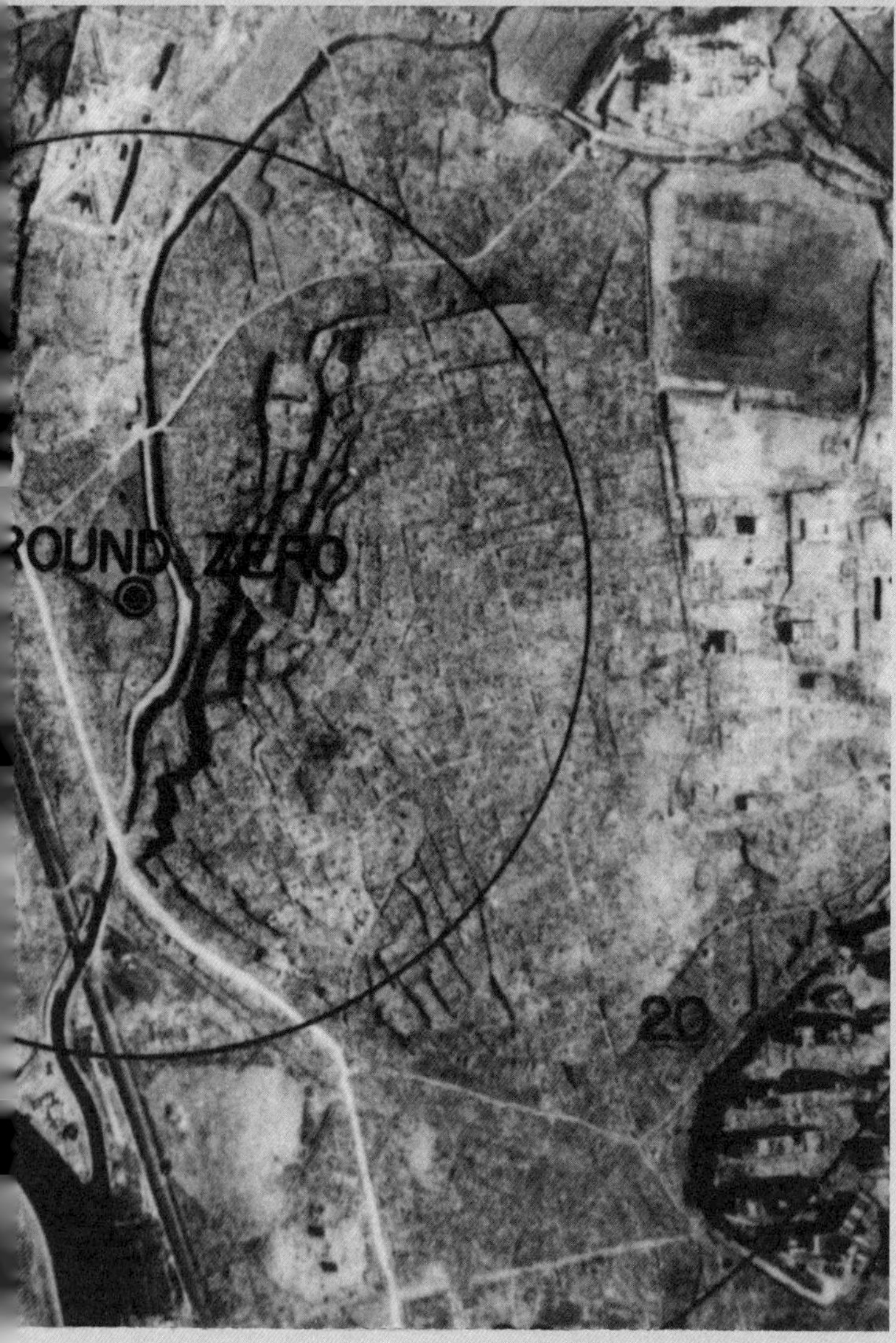
ROUND ZERO
20

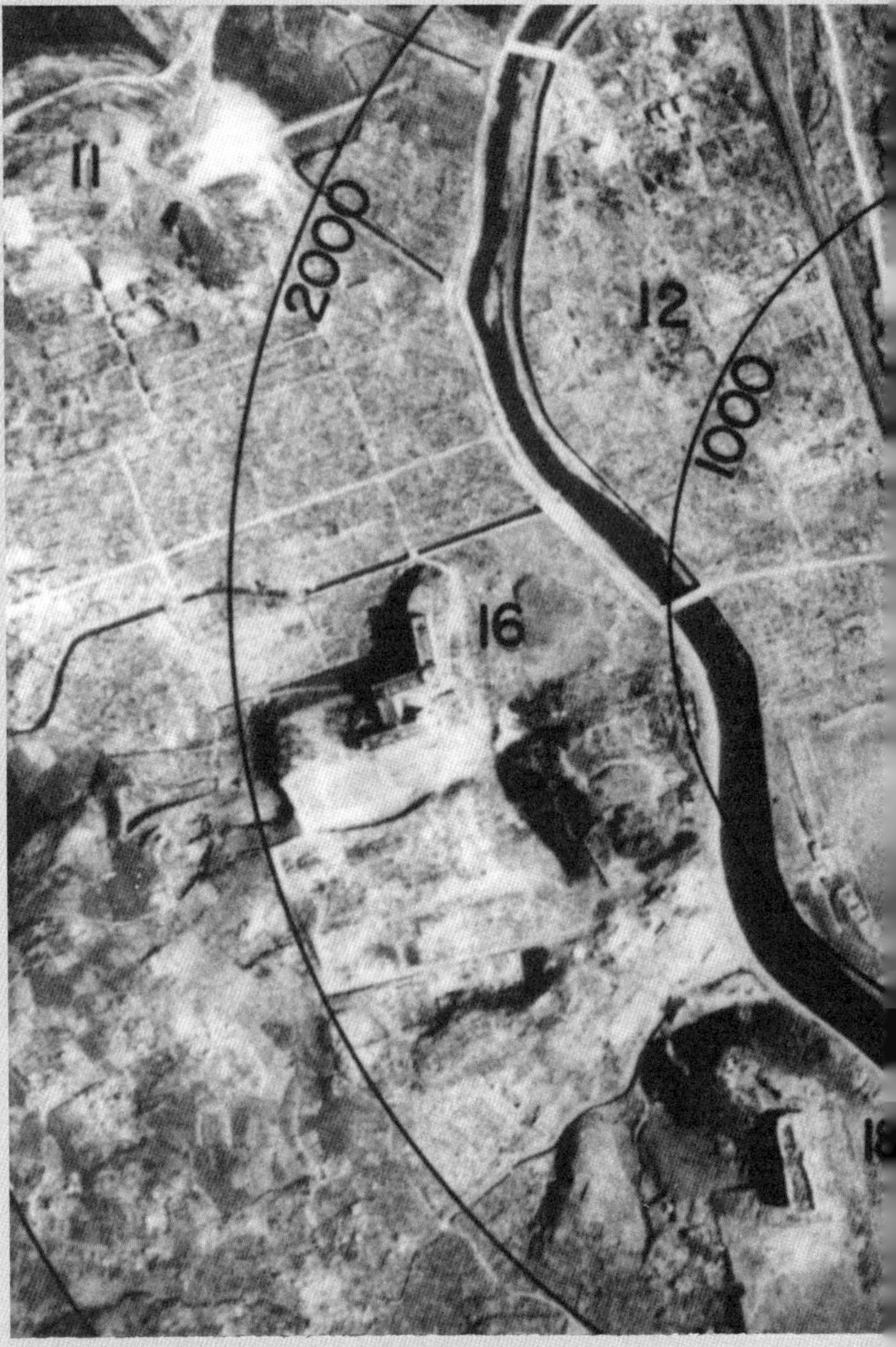

1945年8月12日（原爆投下の3日後）の爆心地一帯　撮影：米軍

る。神学校が余燼《よじん》の火をちろちろさせている。そこのあたりへ来て、被害が実に意外に大きいのにおどろく。このあたりからは人家が立並んでいたのが皆焼け、道路は倒壊物で判らなくなり、無理に歩いてゆくと足があつく、前へも後へも行けないことになりそうだ。浦上天主堂へ通ずる道の中途より地理に詳しい点を利用して畑の中へとびこみ大体の見当をつけて進む。丘の畑になっている、その背を伝ってゆく。兵器製作所の全館が無惨な廃墟として右手に現れる。まだ、盛《さか》んに燃えている部分があるため、ここの畑もはっきり見える、畑の作物も全く残っていない。

爆音がきこえてきた、ここでやられてはと思ったので、畑の中の凹みに身を伏せていると、未だ燃えている兵器の真上にて、ドカーンと投下し、あたり一面明るくなる。爆風も来ない。焼夷弾《しょういだん》であったかと思い、燃えているところへ更に投弾する執拗さにおどろく。

工業学校の見当に出るつもりで畑を行くと、突然どこからか一人の男が出て来て助けてくれといった。自分は急いでいるから、と謝ると、自分は元来医者であるが却《かえ》って人に助けられる身の上となった。工業学校の運動場まで連れていってくれ、というのでそこへ下ろして、工業学校の門のあったあたりから道路へ出ようとした。然《しか》し、人家の焼跡を踏みこまねば道に出られず、その道も結局、倒壊物でさっぱり判らなくなっている。果して城山へ帰れるかどうかが疑わしくなってきた。

すると、焼跡のそばの畑の中かなにかに、四、五人の人が野宿しているらしい影が、又誰かときく。

城山へ行くものだが、道が判らなくて困るというと、それは一寸《ちょっと》不可能であろうが、先《ま》ず浦上川へ出てそこを渉《わた》ってから逆戻りの形で行くがよかろう、大体もとの畑のあとを通ると行き易い、と教えてくれた。その通りに、山里《やまざと》学校と刑務所との間から川へ下ることにする。学校も未だ燃えている。そのまま残っているコンクリートの外廓の中で、パチパチ燃えている。備蓄の米が燃えていると思われる。暗い畑の中にころんでいるらしく、水を呉れ水を呉れという声がきこえ、その惨状がだんだん心にはっきりなってきた。

浦上川を渉り、逆に大橋を渡り、川沿いに城山の方へ近づく。暗いながら見渡す限り、全部焼けている。市立商業学校が燃えている。川の岸の護岸が横倒しになっている。あの厚いコンクリートの塊が、道を塞いでいるのである。

城山の住宅までたどりついたが、見渡す限りの焼野原で自宅への道路がどれだか判らない。そこへひょろりと脇田課長が現れた。自宅の跡らしきところへ行ったが、唯一片の灰で、妻は病気だったから焼死したと思われる、仕方がないから営団へ戻るつもりだという。その話をきくうちに、私も、それでは家族は全滅かと、ハタと胸をうたれ、そこそこに別れて、自宅への道と覚しき比較的広いところを急いだ。もう夜の十時頃であったろう。

いつも見馴れた城山町の本通も焼野原の一部として全く見当がつかない。僅かに自宅前の坂を見当にしても、八幡様の木々が無くなっているので、戸惑うばかり。漸《ようや》く自宅にたどりつく。この家の並び四、五軒は不思議に焼残り、倒壊しているだけである。そして周囲は完全に燃えている。道下にある私の家を見下して唯茫《ただ》然とする。月の下にしずかに堆《うず》たかく倒れかさなっている材木。ああ、妻や子は此の下になっているのだろうか。足の踏場もない程《ほど》乱暴に散乱している柱や梁を踏みこえて家に近づき、妻や子の名を呼んでみる。何のこたえもない。あゝ。

道路上にうごめいている一塊の影に近づき聞いて見るが消息が判らない。私達の隣組の人を探しても全くその人達の誰もこの附近にいない。近辺を、それもほんの少ししかいない人達にきいても全く判らないので、再び家へ戻る。

耳をすますと、かすかに声がきこえる。おゝ、今行くぞ、とその方へ近づいて見ると、それは裏の（煉瓦塀の）隣の古賀さんの宅からで、そこはもう私の家ではなかった。然し声をたよりに近づくと、ここの柱をはずして、というかすかな声、その声のそばまでいって一所懸命に木を動かそうとするが、その度《たび》に上の瓦屑や泥が埋ってゆくばかり。これは奥さんらしく、少し先の方で、おじさん助けて、という女の子のこえ、二人いるらしく、これも大分骨折ったが、駄目である。近所の人に応援を頼むと、今は却て危険だから夜明けてから大勢で救出した方がよかろう、ということで、中止する。（これは翌日救出したが、その後、絶命した）

私自身も、妻子の掘出しは翌日にしようと思い、庭先の壕の中で夜明けを待つ積《つも》りで、這いこみ奥の方に手をやると、冷い足らしきものに触れた。誰だ、ときくと、海人です、という。その時のうれしさ。おゝ、お前は無事だったか。お母さん達はどうした。僕は縁ではだかになって工作をしていたら、やられた。下敷になったが這出した。それからお母さんを探して廻ったが、見つからないので、ここに這入って寝ている。（後に大草から帰途汽車不通となり徒歩で迂廻しながらここを通った市川さんの話によると、海人と友達と二人、八幡様の傍の墓原に寝ていたさうである。おじさん、というこえに振向くと、海人さんだった。どうだったね、というと腕を少しやけどしただけです、お母さんは、ときくと、判りません、とのこと。背負って行こうかと思ったが途中の火煙を潜れるかどうか疑問だし、大丈夫のようだったから残してきたが、残念だった、という話）怪我していないか、ときくと少しやけどしているが大したことはない。千原（近くの子）と二人で梨をたべたり、ここにあった鰯のカン詰をたべたが、悪かったと見えて、吐いたり下痢したりした、という。（当時、原子爆弾による被害の症状に就ては何も知らなかったので、適当の処置も考えなかった。広島の惨禍に就て一般に警戒を発してあれば、この被害の程度を少くすることが出来たろうに、とまことに当局の態度が残念である）（火傷といい、下痢、嘔吐、皆、被害者共通の現象である）真暗であるし、敵機の来襲があるし、とにかく夜の明けるのを待とう、お前の傷も軽いらしいし、みち子も矢ノ平に助かっているし、これから私と三人でしっかりやって行こう、お母さんは一分も離れない宏人、由紀子を連れて一緒に死んだのだから、却て本望だろう、ということで、その夜は壕の中で私と海人はねた。夜中にも何度か下痢する海人を外へ扶《たす》けて出た。山はまだちろちろ燃えて居り、月光の中の荒寥たる有様、千代子、宏人、由紀子の生死、を考え、寝られない短夜を疲れているままに、うとうとすごしたのであった。

独《ひと》り家にいて負傷し、母親を尋ね廻ったが見当らないので死んだものと諦めて、焼野原の中の此の真暗な壕の中に入って寝ていた海人の心持、考えると実に可哀そうである。

八月十日

寝られぬままに短夜明けそめるとすぐ壕を出て見ると、見渡すかぎり東の山から西の山の間、直径三キロ位の平地はいうに及ばず山の畑、木に至るまですっかり焼失して実に惨憺たる、荒涼たる光景を呈している。それに狭霧《さぎり》が罩《こめ》て、いつも馴れた人家の稠密《ちょうみつ》した市街地とは趣を異にし、どこか高原地帯に来て見渡したような気持になる。海人の負傷は火傷で非常に酷《ひど》い、殊《こと》に背中は半分に及んでいるし、両腕にかかっているので、所謂《いわゆ》る三分の一以上に及んではいないかとびっくりする。早く手当を受けたいと思うが、一向救援の手は伸びそうにない。こんな災害には時を移さず救援に駈けつけるものと予想していた日頃の観念がくつがえされる。僅かに、小浜《おばま》の警防団というハッピを着た男女数名が向うに見えたので、大声で呼んで来て貰う。バケツに白い液を入れて提《さ》げている。海人を壕の外に出し、火傷に筆のようなもので塗りつけるが、皮膚の焼けているのを剥ぎとりながら塗るので、その面積が非常に広いので心配である。もっと良い手当を受けさせたいと思うが正規の救護班が来そうな情報はない。

傍の道路を通りかかった人がお宅の奥さんはその先に居られますよ、と注意して呉れたので、躍り上らんばかりにうれしく早速行く。八幡様から右へ入る道路のそば、自宅から十間位しか離れていないところにいた。尤《もっと》もその道には柱や木や塞っていたので海人もその方へは行かなかったと思われる。千代子自身も自宅と目と鼻の間にいながら戻る力はなかったのだろう。千代子は草原に畳の上に（それは同じくすぐ傍に避難している家族から世話を受けたもの）臥《ふ》せ、そばに宏人と由紀子が死んでいる。あゝ。千代子は顔面、両腕、足に火傷を受けている。昨日家を出て今道さんの宅へ行く途中でやられ、そのままそこの草の上に倒れたままで、火災の熱気や日中の暑さにもそこから動き出す力がなく、そこで夜を明かしたのだ。宏人は大した外傷もないようだったが、間もなく脳症を起し、手ににぎっていた木の枝をしゃぶって、さとうきびばい、うまかとばい、と言っていたそうである、又、その時吹倒されて下駄を失い、その下駄を気にしていたそうである、そして時々空襲ね？と聞いたりしていたそうである。（そんな話をきくだけで宏人の様子がホーフツとして涙を禁じ得ない）そして夕方容態が悪化してあばれて死んだという。由紀子は額に穴が開いていたが、割合機嫌よく、始終乳をのんでいたが、今朝方息をひきとったという。此の二人の死体をそばに置いて、千代子はいた。（こ

れは一般に共通のようだが、割合に無感動になっていた）
　今にも倒れそうな千代子を扶けて壕の中へ入れ、二人の死体を庭先に寝せて布を被《かぶ》せておく。四才と一才の兄妹二人、地べたに寝せたまま放っとくより仕方ない悲しさ。
　暑い日が照りつけて蝿が集ってくる。
　千代子も下痢をする。昨日暑さと火の熱さのために川の水を呑んだからだろうという。（これは然し、症状として下痢はつきものであることが後に明かになった）
　給食等に就ての救護も全く来ない。全然見殺しの形である。（この日はついに、治療も給食も救援らしい人は来なかった）どこかでお粥の欲しい方は取りに来て下さい、といっていたので行って見るとどこかの隣組で炊いていて、頒けてくれた。何も入物がなく柄杓《ひしゃく》の柄《え》のとれたのを拾って食器代用にし、それに一杯貰って来て千代子と海人へ食べさす。二人とも水を欲しがること切である。（誰かが患者に水をのますと命が危険というので、出来るだけ呑ませまいとするが、今度の症状には果して如何であったろうか。又、どうせ死ぬものなら、水なりと十分のませてやりたかったと思う）

昼頃から海人は寒気がして熱が出たらしく苦しみ出す。黙って寝て居られないらしく起きて坐る。何度も繰返す。傷も、痛むらしく、僅かもっていた油を塗り、或《あ》いは古賀さん所有の化粧函《ばこ》より白おしろい粉、てんか粉等を見つけて塗ってやる。段々脳を冒されたらしく、うわ言をいい、学校の作業のことをいう。そして始終指先で何かをたたくように規則正しく動かす。足が冷えてくるようであり、さすって温めてやるが、絶望だと感ずる。そして、私が水を汲《く》みにいって戻って見ると、千代子のそば（海人は壕の奥に、千代子は入口に寝ていた）まで這い出て来てうつ伏に死んでいた。苦しいといって、出て来たそうである。笑ったような顔をしている、と妻がいうので、覗いて見ると安らかな死顔であるので、いくらかの慰めである。昨日どうにか生残ったのであるから死なせたくなかった。海人の死は私の心に大きな痛手である。（いろいろ海人に就ては思出がありそれからそれと思出すにつけて腸《はらわた》をえぐられるようである。）

海人の死体は先に死んだ二人のそばに並べ、ここに兄弟三人の死体を炎天の下に並べることになった。もと南瓜《かぼちゃ》畑にして海人が丹精こめていたところ、今は熱風のために跡方もなく（葉も実もなくなっている）瓦礫や柱のつみかさなった隙間に兄弟三人の頭を並べている。

海人が容態悪くなりついに死に至る間も、千代子は横たわったまま唯《ただ》昏々としていた。時には乳がはって苦しくて堪らない、自分でしぼる力もない、というので私に吸出して呉れという。乳首のそばにも傷があるので毒でも入ったらと懸念されるが、強《こわ》って頼むので、吸ってやる。あまい味である。子は死んでも、そして自身は死に瀕しても乳は出てくるのが却て悲しかった。

斯《かく》て兄妹二人を外にころがし、海人は今夜一晩傍に置きたくて千代子の傍に死んで横たわったまま私達は壕の中でその夜を迎えた。夜になると、山はひるごろから煙がくすぶりだして発火し夜中燃えている。そして朝方は消えている。又、城山学校は、やはり備蓄の米らしいのがパチパチ音を立て、燃えているのが、きこえる。警報のサイレンはここへは届かず呑気《のんき》であるが、時々敵機らしい爆音が頭上を過ぎて行く。

夜隣の古賀さんが来て奥さんのことを聞かれる。妻の話に依ると、空襲警報解除になると、婦人会の貯金のことで松山郵便局へ行かれたらしく、途中で遭難したのではないか、とのことでその通り伝える。隣組十三軒の中、主婦が生き残ったのは千代子だけなので（白石一家が解除後直ちに時津に行ったため全部無事だったことが、妻の死後判明した）このようなことは千代子に聞くより方法がないのだ。とにかく当時ここに居合せた者は殆ど全滅である。古賀さんは三菱の部長をつとめ、夫人のためにはわざわざ私の庭先に壕を作り、その他、品物の格納庫を作りなどしていろいろしていたのに、愈々の時には、夫人はどこでどうなったかと判らず皮肉な感じがする。

きょうは海人の最後に会い生まれてこの方味ったことのない悲痛な感である。海人、宏人、由紀子。営々として築いた生活、唯こども本位に暮してきた生活、すべて根底から覆された。

八月十一日

妻と海人と私と、一人は死に、一人は死に瀕し、しめっぽい壕の中に再び夜をあかした。限りなく悲しい。

朝になり海人を外へ運びだし、宏人と由紀子のそばに並べる。（十日ノ記ニ誤リタレド、実八十一日ナリ）運び出しに木野さんが加勢して呉れる。木野さん、浦川さん、森さん、浦川さんの子息、中村さん、等が第六組の生残りの人達で、而《しか》も此等は皆勤務先等に居て助かった人達で、実際に此の城山町の自宅にいた人達は全滅している。

で、生残りの人達は幼稚園のそばで戸板や畳を敷いて共同で炊事をしてい、夜は第六組の壕（暗渠）の中に寝たり外に寝たりしているのである。木野さんもその一人で、家は焼失し家族（奥さんと子供二人）全部を失い、その遺骨を掘出すためにも暫《しばら》くはここで壕生活をせねばならぬのである。米は非常用として壕に入れていたもの、副食物は南瓜などが畑に、葉はすっかりなくなって、ころがっているのや、藷《いも》を掘ったり（実がまだ入っていない）し、その他倒壊しただけの家屋（浦川さん等）から掘出したもの、陶器、鍋釜類を用いている。

やっと今日になって陸軍病院の救護班が着き、城山小学校のつづきの丘に設営しているのが見える。そして担架をもって重傷者をそこへ連れていって手当する。歩ける者は歩いて来いという。この方面に来かかった兵隊に頼むと、この方面の者は幼稚園に集めようとのことで、千代子を背負って、幼稚園跡につれてきて蒲団を敷き寝せる。朝とはいえ、炎天となる日ざしで、枕蚊帳《まくらがや》の毀れたのを持ってきて影をつくってやったりする。外に、二人患者がそこに来て待っている。

千代子の容態は悪いようにも思えないが（火傷そのものの範囲は広くないが）、身体が全体的に非常に弱っている。下痢をする。なるべく早く救護班の手当を受けたいが、ここから見えるその本部（城山校のつづきの丘に掘られた壕）附近には患者らしいのが蝟集《いしゅう》していて、まだ巡回に来ない。炎天の下に影をつくって寝せてはいるが可哀そうである。そこへ千代子の母と、あや子（筆者注・千代子の妹「綾子」も同様）と来る。防空服装甲斐甲斐しく相当の覚悟で来たらしい。敵機頻襲の折柄である。暫く居て、竹ノ久保の丸田さんに寄って帰る、といって別れて行く。

あまり医者の巡回が遅く、暑さの中に寝せて置くのは可哀そうなので、傍の、私達の隣組の壕（暗渠に板を敷きたるもの）の中へ入れて寝せる。暗い。そこに入れてあった各戸の荷物は、爆風のためか、箱が毀れたり、あちこち散らばったりしている。当時、若《も》しここに人が退避していたら果して無事だったか、これも疑問である。茶箱が毀れていて、その中の亜鉛板が無茶苦茶にねじれているのである。昼頃になってついに巡回を頼みに行く。こちらから千代子を連れて行けるとよいのだが、運搬具もなく、敵襲の下を負うてゆくのは時間がかかって危険である。又、負うのは苦しがる。それで頼みに出掛ける。向うへ着くか着かぬかに敵機来襲となり丘の一つの壕に入る。

ここへ来る途中、宮原先生と会う。今朝奥さんを担架に乗せてここへ行くのに会ったことを思出し、容態は如何か、ときくと、今朝ここに着くと同時に死んだ、それで今ここで焼くつもりだ、とのこと。そこここで死体を焼く火が焼跡に燃えさかっている。あんたんたる気持である。又、道筋には身許の判らない屍体がころがり、だんだん腐敗しかかって、膨張していて、顔完も定かでなくなり、又、くろこげの死体がある。井戸の中で死んでいるのは、猛火につつまれて飛びこんだのであろうか。

救護班に出頭して頼むと、道案内をして呉れとのことで、兵隊二人と看護婦とが衛生材料をもってくる。早速暗渠の中から千代子を扶け出し、畳を置いて診《み》て貰う。油を塗り天花粉を振るだけのことで両手などは繃帯したが、顔は木の葉や何かが真黒くこびり付いているところはそのままその上に塗った。毎日手当受けられるか、ときくと、判らないとのこと。長与《ながよ》の陸軍病院に行く方がよろしい、大橋まで連れて行けばそこから汽車が出る、という話である。如何《いか》がすべきか。長与へ行けば、それが今生の別れとなるのではないか、手当はどうであろうか、大橋までどんなにして連れて行くか、思案にくれる。

再び千代子を暗渠の中に臥せ、隣の組からお粥を貰ってたべさせる。然《しか》し、唯《ただ》水ばかり欲しがる。茶の熱いのを好む。そして昏々としている。

海人達を焼かねば腐敗してしまう。皆焼跡に倒壊家屋の材木を持ってきて焼いている。その火が夜も諸所方々にあかあかと燃えている。このような焼野原では敵ももう投弾することもあるまい。昼も大体敵機に対して呑気である。サイレンもきこえず。唯、銃撃を警戒せねばならないので時々暗渠に退避する。

海人達を焼こうと考えていると、折よく営団から木下、溝越、森林の三人が応援に来た。やはり、火葬を手伝に来たとの事で、実に感謝に堪えない。

三人で材木を拾って組上げる。沢山の木が要る。その上に海人達を運んできて載せる。海人を中央にして、右と左に宏人と由紀子を並べる。何も適当な着物もないが、海人にはみち子の寝巻の家の下から出ていたのを着せその上にズボン（正服）「二ノ六松尾」と布の縫いつけてあるのを載せる。宏人と由紀子とにもそれぞれ布をのせて、せめてもの慰めにする。三人を戸板で運ぶことも木下氏達はして呉れた。既に臭気の高い死体を扱ってくれたのだ。

木を組んだ上に三人をのせ、更にその上に沢山の木を積み上げる。

三人の枕元に、私が火をつけ心ばかりの火葬の礼をとり、同時に四方に火をつける。

こときれし子をそばに、木も家もなく明けてくる

炎天、子のいまわの水をさがしにゆく

ほのお、兄をなかによりそうて火になる

風つよく、直ぐに炎々と燃える。炎天下に燃えさかる火焔、忽《たちま》ち吾子三人は火中にあり。私はすっかり精魂つきた気持で腰を下ろし、応援の人から煙草をもらって火をつける。やがて三人は帰っていった。

午後の四時頃に火をつけて六時頃まで燃え大方焼けてしまったが、まだ熱くとても骨を拾うことは出来ないので、万一その火を目標に投弾されては他の人に迷惑と思いその辺のトタン板をひろって火が漏れぬよう十分覆って置く。

その間も時々暗渠に入って妻を見る。意識も明瞭であるが、容態はよくない。全然食欲がなく、下痢をする。この夜は、此の暗渠の壕に寝ることとし、私も千代子の裾の方に寝ながら看護する。そして、今日焼いた吾子達が、今もなお骨となって星空の下にあることを想った。

八月十二日

朝起きるとすぐ海人達の骨を拾う。焼

くときにトタン板を一番下に敷いていたので、骨は皆そこに溜《たま》っている。海人の骨を真中に、右と左に宏人と由紀子の骨、かぼそい骨。壺がないので焼跡でウスバタ（花生ケの鉄壺）に一緒に入れる。兄弟三人同じ壺に入れる。感無量。外側を、白木綿一反もっていたのを潰して巻く、せめてもの心遣《や》りとして。

千代子の容態は、依然として混沌としている。食慾もなく、相変らず下痢をする。隣組の方からお粥をたいて貰うが、食べ得ない。ほんとに隣組には世話になる。私は、生《ナマ》（ママ）の屍体あり、介抱すべき負傷者あり、家の下にある家財も注意せねばならず、全く手がないのであるが、隣組でも家は焼失、家族は焼死というのは、骨を拾うだけで割合簡単なので、そういう人々が為す炊事にこちらは便乗するだけで、全く済まないことであった。

千代子の看護の合間に、倒壊した家に行って見るが、自宅は道下の平屋であったのへ、隣や向いの家がとんで来て乗っているらしく全く手のつけようがない。

僅《わず》かに裏の寝間にあった蒲団が裏の方へ飛び出していて割合簡単に引き出せそうであるが、他の部分は全く途方に暮れる有様である。

そこへ、営団の総務部長と指導課長が見舞に来られる。早く患者を市中に移して手当することを勧められる。

夜、千代子は苦しみが増して来たらしく、頻《しき》りに夜が明けたら長与の陸軍病院へ連れていってくれという。私は、昨日木下氏が、営団が救護所になったようなことを云ったので、そこへ連れていったがよいか、長与へ連れて行こうか、大いに迷う。

八月十三日

千代子を先ず営団に連れて行って手当を受け、それから矢ノ平へ連れて行くことに決心する。長与などの陸軍病院へ送ることは、今後の空襲激化、敵上陸等による混乱のため結局離ればなれとなり生死不明となる虞《おそれ》があるので断念した。矢ノ平へ遣《や》って一目でも親に会わしてやる方が、千代子の切なる望であろう。殊に可愛がってくれた祖母さんに会いたくて堪らないのだろうと推量した。

リヤカー、それは中村さんが焼跡から拾ってきたもので、隣組用として使用していた。然《しか》し鉄輪である点が病人にもさわると思ったが、別に仕様がないので、リヤカーに蒲団を敷いて毛布を掛け、空襲のないうちにと、朝早く出発する。

千代子の機嫌はよろしい。途々《みちみち》見る原子爆弾による惨状、城山町より駒場町、松山町、一切のものを焼つくし、今日に至ると取片付の済まぬ死体、走っている姿勢でくろこげになっているこども、牛、馬の大きなくろこげ、焼けおちた天主堂、刑務所、浜口町へ行くと、製鋼所、兵器製作所がみえる。その鉄骨は押倒され、ひんまがり、大学病院の煙突は鉄筋コンクリートと思われるが、そんな空気の抵抗の当らないようなものまでひんまがっている。とにかく、電柱一本といえども立っているのはなく、建物の木片一つとして焼残っているものはない。焼跡を見渡して工場は勿論のことであるが、普通の人家も、土、石、鉄の外《ほか》残っていないが割合鉄の量の多いのにおどろく。

山王《さんのう》神社は一の鳥居は倒れ（岩川町）、二の鳥居は半分になって一本で立ち、あの樟《クスノキ》の大樹二本は殆どそれと判らぬほど根元だけ残り、社殿社務所はない、舩本はやはり全滅したのではなかろうか、そんなことを話しながら行く。途中空襲警報となる。退避すべき蔭もなく、どうせ死ぬなら夫婦諸共《もろとも》と、覚悟する。又、途中下痢を催したりする。鉄輪のリヤカーであるため、振動が甚だしく、気分が悪いらしい。出来るだけ静かに曳く。浦上駅、長崎駅も勿論

被爆クスノキ（撮影：林重男）
爆心地から800mに位置する山王神社の境内にあるクスノキは原爆の熱線で焼かれた。一度は枯れたと思われたが、被爆後、樹勢を取り戻し、芽吹く姿は被爆者に希望を与えた。長崎市の天然記念物にもなった被爆クスノキは今も緑豊かな姿を見せている。

ない。長崎駅を境として、漸《ようや》く罹災せぬ町へ入る。

然し、こちらも屋根、戸、障子等破壊されて見る影もない。

漸《ようや》く営団に着き、横穴防空壕の前に曳着ける。営団が陸軍の救護所となっていることは木下氏の言誤りか私の聞誤りで、隣の壕が陸軍病院の救護所であることは私も既に第一日に知っていた通りである。それで一先《ひとま》ず千代子を壕の中に寝かして置き、手当の手配をするが、陸軍病院の方は軍関係以外はあまり好まないらしく、それよりも此方面の救護所（篭町高木医院）（篭《かご》）へ担架にのせて連れていってやろうと、木下、池田氏あたりで引受けて呉れる。何分《なにぶん》空襲警報が解除にならねば、というので、待つ。ここへ到着したのがもう昼近くなっていた。

此の壕の中には営団員が退避する外に、負傷者の佐々野嬢が寝泊りし、又、黒木氏の家族親戚の位牌骨壺を安置してある。電燈もあるので、いくらか気分が楽である。

千代子はお茶を欲しがる。そして小使さんが作ってくれたお粥を幸にも吸ってくれた。近寄って言葉をのべる人には誰にでも丁寧に感謝の言葉を述べていて、我ながら感じよく感じた。そして、空襲解除は未《ま》だか、未だか、と聞く。罹災地にいると呑気であるが、市中警報々々で実にうるさい。結局何も出来ない。千代子が焦るのも無理もないが、空襲中は通行を許さないのだから仕方がない。

そんな風にして時がすぎてゆき、その間にも下痢を二、三度する。この時分には専《もっぱ》ら、ガスを吸っているから嘔吐や下痢があるのだ、という評判であった。同じ課の田崎君も家族を死なし、生残りの

お嬢さん二人を壕の中にねせていた。(此の二人は元気であったがその後郷里で死んだ)

午後の四時頃お祖父《じい》さん(筆者注・敦之の養父)が来た。これは意外であった。矢ノ平へ行きみち子の手当をし、城山へ行ったが行違になったので、ここへ来たとのことで、生憎《あいにく》その時停電していたので、ローソクの光で手当をして下さった。四月に或《ある》事情のために別居していたのが、やはり反省されて危急の場合に駈付けられたのである。シャツにリュックを負い、実に力強く感じた。

弁当の後、五時すぎ空襲解除となったので、再びリヤカーにのせて、みどりさん(筆者注・千代子の妹)も一緒に矢ノ平へ行く。途中高橋病院に寄って強心剤を貰ったりして、出来る丈《だ》け用心して、漸く矢ノ平に着いた。もうすでに暗く、大丈夫かときくと、大丈夫と答える風である。何だか唇がまくれて歯が見え、甘えたような口調になっていた。

矢ノ平につき、曾祖母さんに会った時は実に嬉しかったらしい。海人等を失ったことをいい悲しんだ。みち子は別室に寝ていたが、別状はないらしい。

その夜は、久しぶりで畳の上に寝た。ところが、夜中になって千代子は盛にうわ言《ごと》をいい出した。うわ言というにはあまりに現実味があり、起きて座っていろいろ言うのである。そして蚊帳を出ようとしたりするのである。幻覚があるらしく、その話題は主にリヤカーに関してである。「折角ゆっくり寝ようと思っていたのに隣組の者達が来て邪魔をする」「皆、畑に坐っていて私を誘い出そうとする」といいながら、恰《あたか》もその人達に話すかの如く、「宏ちゃんも死にました、由紀子も死にました、

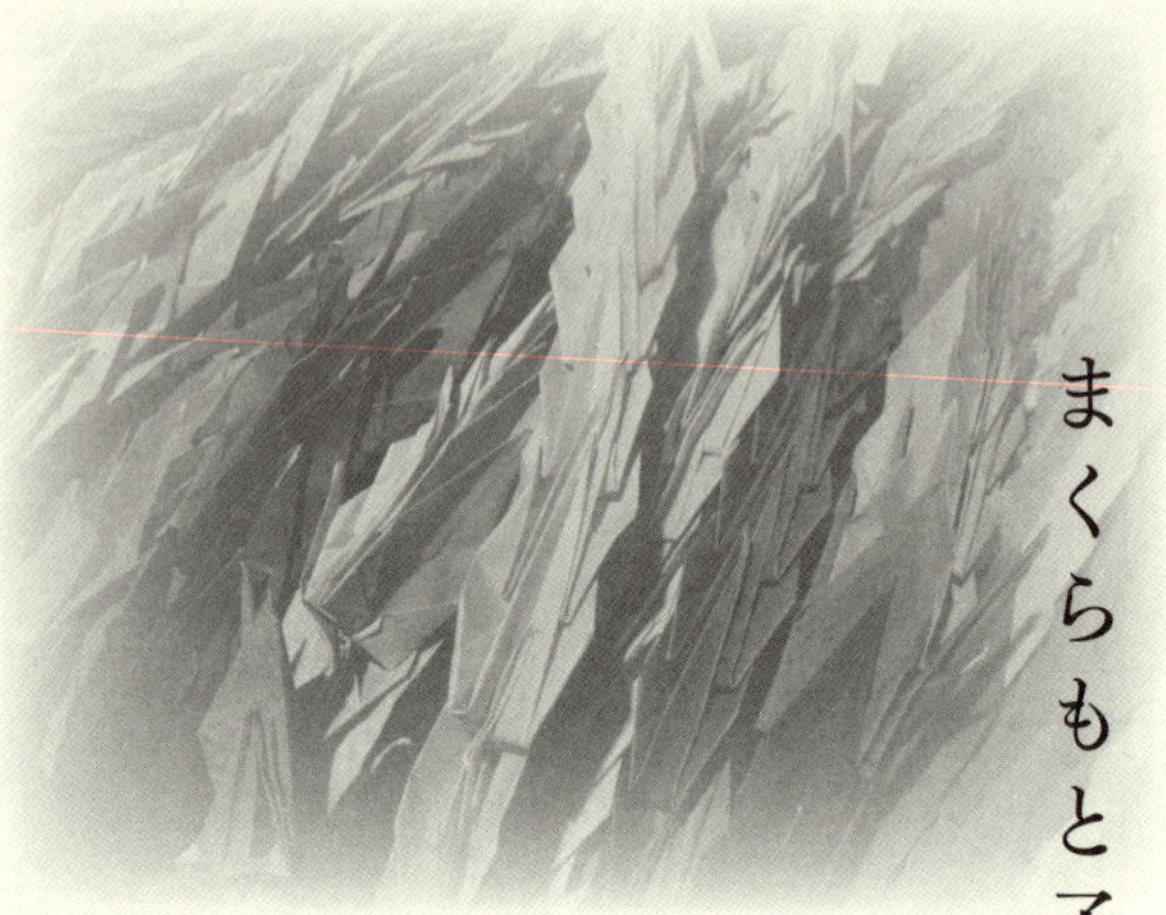

あわれ七ケ月のいのちの、はなびらのような骨かな
まくらもと子を骨にしてあわれちちがはる

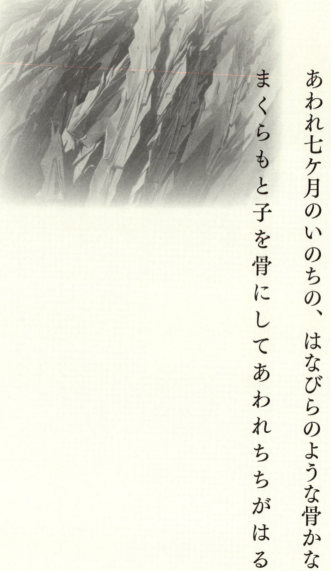

海人も死にました」といい、皆から「隣組の女の中であなただけ残っていいですね」と云われたのに返事しているらしい応答である。そして、まぼろし、が来ているなどといい、蚊帳から出ようとしたりする。又、「リヤカーを誰か外の者の取っていった、あれはにせ者であった、早く取戻して来て下さい」というようなことを私に云い、昼間リヤカーで来たことや、きつかったことや、明朝リヤカーを返さねばならぬことなどが、非常に気にかかっている様子であった。夢であるか現《うつつ》であるか幻か、分明でない。

八月十四日

千代子の意識は正常通りなっていて機嫌もよく、早くリヤカーを返して来て呉れ、というので、リヤカーを曳いて城山に戻る。

城山には木野さん、浦川さん等が相変らず壕生活をして居られる。

城山の宅跡を少し整理したいと思い、いろいろ手をつくすが、仲々でない。蒲団と書籍が割合簡単に出そうである。非常に暑い。すっかり疲れはてたので、今夜はここに壕の中へ寝て、明日早く矢ノ平へ戻ろうと思っていた。

昼すぎに、長尾の和夫さんが来る。海人の最後を弔いに来たのである。生前海人が最も懐《なつ》いていたのは、外《ほか》の誰でもなく、和夫さんで、よくその家に行って御馳走になったり、時には泊ったりした。

却《かえ》って、矢ノ平よりもそこを好んでいた。和夫さんも亦《また》、城山へ立寄り、召集中の休暇にも、僅かの暇に海人に会いに来て呉れた。そのときは、宏人も亦すっかり懐いて、いつまでも帰るな、といって引留め、帰るといえば泣き出す仕末であった。海人も宏人もほんとうによく可愛がって貰った。今日ここへ来るときも、「弟の骨を拾いにいって来る」、そんな気持で、人にも亦そんなに云って、出て来たのである。

長尾さんが来たので、少し掘り出した荷物も持って貰って一緒に帰ろうと思った。ここで寝るつもりであったが、なんとなく矢ノ平が気掛りであり、長尾さんを見て急に元気が出て、帰る気になったのは、これが虫の知らせというのだろうか。骨壺を先ず持つ。

途中幸いに長尾さんの知合の兵隊二人リヤカーに物つんで行くのに出会い、市立高女（筆者注・長崎市立高等女学校）まで物を乗せて貰う。お蔭で、あまりきつい目を見ず、又、時間がたいへん早く着いた。着いたのは七時半頃であろう。

矢ノ平の玄関に入るなり、綾子さんから、「何しとったとね、姉さんが悪かとよ」といわれ、長尾さんに礼いう暇もなく、走り上って千代子の傍へ行って見た。そして、しまった、気が狂ったか、と驚き、行末のことがちらりと頭に浮かんだ。

もう暗くなっていて、警報発令中であるため、燈火もつけてない。その微かな光の中に千代子は坐って、盛んに何か掻き口説くが如く話しているが、何といっているのか判らない。口説きつつ、傍にある者を強い力で引寄せようとする。私が傍に寄ると、私を引寄せる。或《ある》いは由紀子か宏人を抱きよせる積りであろう。非常に強い力である。

今日の昼頃までは上機嫌で普通と少しも変らなかったが、午後から容態が悪くなったそうである。トマトを非常に欲しがり、熟したのが手に入らず青いのを与えると、一つを別にのけて、これは宏人の、だといって、それが一寸《ちょっと》ころがるとあわてて、膝の下に隠した。又、或《あ》る時は、「私も戦死ですよ」としずかに語った。夕方ごろみち子も別れに枕頭に行ったときは、綾子さんが「みち子さんよ」と教えても分らないらしく、何か自分だけ喋っていたそうである。脳症を起したものらしい。指先で何かを引寄せようとする、或は、たたくような動作をすることは海人と同じである。そして、上歯が剝きでたような、即《すなわ》ち、上唇がまくれ上ったような風で、物を云うのが明瞭でない。

いつまでも気が狂ったような状態であるので、強いて横に寝せると、父が催眠薬を与えていたのが利いてきたのか、打伏になったようにして、しずかな寝息さえ聞えてきた。足が冷たいようなので、下の方に十分のせて置く。

暫《しば》くそういう風にして傍で見ている。警報中にて燈火が暗い。が、あまり静かになったので、気になり時々寝息を窺って見る。

そして、何度も寝息を窺っているうちに、ついに息をしていないことが分った。時に午後九時頃、十八才の時嫁いできて十八年連添った妻、まことに感慨ふかく、涙がせきあえて取めどがない。その夜は添寝する。

八月十五日

ついに妻と三児を失った。今日は妻の火葬をせねばならない。城山では火葬後警察の出張所へ届出ればよかったが、こちらではどんな都合か。市の出張所が長崎会館のそばにあるので、そこへ行く。八時からというのに、市の方は出て来て罹災証明書を書いてくれたが、警察の方は九時になっても出て来ない。やっと出てくると空襲となり退避、仲々手間どって、やっと四枚の死亡証明書を貰う。焼くのは伊良林学校の校庭でよいという。

帰って矢ノ平の父、長尾さん、綾子、みどりの手を借りて担架にて運ぶ。学校へ行って見ると穴を掘って焼いた跡があり、白い骨が残っている。沢山一緒に焼いたらしい形跡である。

相撲場と藷畑のある方に近く場所を決める。疎開の材木が積んであるのを取ってきて木を組む。二、三日前に木下氏等の応援で海人達を焼いた経験が、こんなところで役立って他の人に指示しながら木を組む、悲しい皮肉である。

学校の外の民家でラジオが鳴るのを聞くと重大放送があるから皆聞くように、との予告がきこえる。此の災害後新聞も見ず、ラジオも聞かず唯《ただ》風のたよりのようにソ連の参戦、ソ満国境、朝鮮国境

炎天、妻に火をつけて水のむ

降伏のみことのり、妻をやく火いまぞ熾りつ

を越えて怒濤の如くソ連が侵入するらしいので、然し、現在の自分の境遇のため何か遠いことのように聞き、又、日本軍の脆弱さを、自分のこの忙しさのために、何故か理解するひまもなく過して来たのであったが、多分、きょうの重大放送というのは対ソ宣戦布告であろうと思った。

愈々《いよいよ》木組みも終り、その上に千代子を移し、更に木を積み、火をつける。炎天の下、炎々と燃えさかってゆく。

そのときラジオで、君ヶ代がきこえた。愈々重大放送であろう。然し、そこのラジオは雑音で、何といっているのかさっぱり判らない。暫く後、新たに人を焼くために校門を入ってきた人があるので、何の放送か尋ねると、日本の降伏だという。私達は耳を疑い、そんなことがあるものかと思ったが、間違いないという。涙が止度

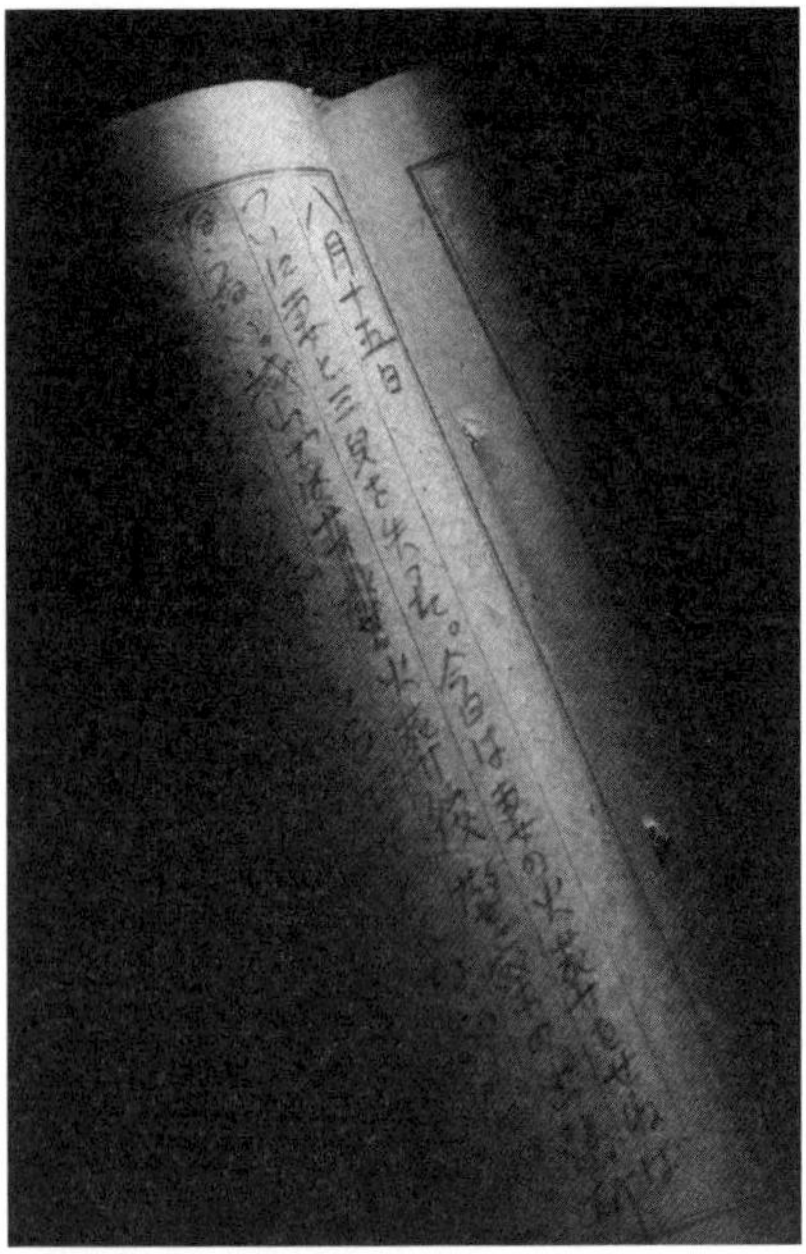

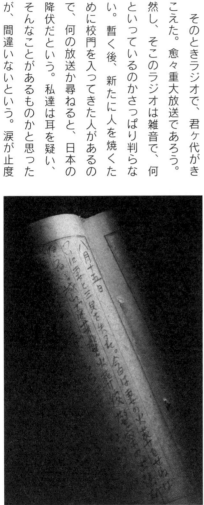

なく流れる。今になって降伏とは何事か。妻は、子は、一体何のために死んだのか、あゝ、彼等は犬死ではないか、何故降伏するなら、も少し早くしないか。僅か五日か六日の違いで全く犬死ではないか。そこへ別の一団が来る、放送は雑音で結局要領を得ない、対ソ宣戦だろうという、多分そうだろう、といくらか落着く。暑くてたまらない、長尾さんが水をくんでくる。千代子はだんだん燃えるが、薪木が足らない、また担いできては差加える。身体が大きかったので仲々時間がかかる。水をのんでは、草の上にひっくりかえる。

長尾さんは帰隊の時間となり、帰る。ほんとうに感謝の言葉もない。みどりさんが来て梨をむいて呉れる。敵機が来て、草の中に伏せ、をする。夕方近くまでかかって漸く焼上ったようすだ。

植木鉢のきれいなのを選んで骨壺にする。綾子さんとみどりさんときて、一緒に骨を拾う。一人で海人達三人分位の骨である。水を何杯もかけて置いて拾うが、たいへん熱い。漸く拾い終ったころはもう日も大分傾いていた。

抱いてもどって、白布で巻き、子供達の骨壺とならべて床ノ間に安置する。

日本降伏は事実であった。

ようやく戦争が終わったまさにその時、妻の遺体に火がつき天に向かって盛んに燃え上がっていたのだ。三人の子どもを自らの手で火葬し、さらに妻をも焼かねばならなくなった祖父の気持ちは如何ばかりだったろうか。

この九日から十五日のことは、祖父が四十三年前に上梓した『原爆句抄』*に「爆死証明」として収録されているほか、その他の刊行物にも手記として掲載されている。

私はこの祖父が綴った出来事を何十回となく読んでいるが、読むたびにいつもこみあげてくるものがあり、祖父の哀しくももどかしい気持ちを思うと耐えられない気持ちになる。

しかし、四十三年前の私は十三歳の中学生で、その時分に読んだときの感想は、単に戦争で死んでいった子どもたちが可哀そう、といったものだったと思う。

だが、娘が生まれ、また孫も生まれた今は、親としての目線で読むようになっている。

祖父は後に一九七〇年のラジオドキュメンタリーでこう語っている。

『あの時非常に、実にたくさんの子どもの死体を見ました。まる裸で、手足をちぢめて、そして道端にごろごろころがっている。実にかわいそうだなあと言う事を感じたのが、深くこびりついていると思います。少なくとも大人には死ぬ理由が分かっておったわけです。ところが子どもには何のことやら全然分からなかったと思います。そういうのを殺した大人たちというものは、よほど考えなければならない、そう思う訳です』
子どもたちが二度とこういう目にあわず安心して暮らしていける世の中にするにはどうすればいいのだろう。

＊初版一九七二年十月五日私家版・一九七五年六月一日文化評論出版・二〇一五年三月二十日書肆侃侃房

三冊の原爆句抄
上）初版1972年10月5日私家版
右下）1975年6月1日文化評論出版
左下）2015年3月20日書肆侃侃房

TURN
TOWARD
PEACE

母平田みち子との対話

我が子よ孫よこの悲しみを語りつげ

平田みち子（旧姓：松尾）（1930年～1985年）　俳人・松尾あつゆきの長女で筆者（周）の母。15歳のとき、動員先の兵器工場で被爆。重傷を負った。

写真について敦之は「昭和二十年四月十五日にうつしたものらしい。親が戦争々々でかまってくれないものだから、子供たちだけで、赤ちゃんの宮まいり、長男の中学入学の記念として、写真屋へ行って撮したらしいのです。うちは強制疎開になる前に紺屋町（現在の桜町の陸橋付近）でした。城山にひっこして被爆した訳で、どこまでも運の悪いことでした」と記している。

母みち子も自らの被爆体験を手記に綴っていた。すでに私たちきょうだいが生まれていたが母の記憶にはあの日が鮮明に刻まれている。

呪われたあの日（母の手記より）

原子爆弾が長崎に投下されてから、もう二十六年が過ぎました。しかし、私の中には、まだ昨日のことのように、はっきりと残っています。目をとじれば、私達の幸せだった家庭が、美しい城山の街なみと共に浮かび上がってきます。弟たちの明るい笑い声がきこえてきます。

原爆は、私から母、弟二人、妹の四人をうばいさり、私の腕に、終生、消えることのない傷あとをきざみこみました。

当時、女学校の四年生だった私たちは、勉強することすら許されず、学徒報国隊として、三菱兵器製作所茂里町工場に動員され、魚雷をつくる仕事をしていました。

その頃の長崎は、空襲がはげしくなり、工場地帯にはたびたび爆弾がおとされていました。夜もぐっすりやすんだことはなく、眠りについたころ、かならずサイレンがなり、壕へ退避する日がつづいていました。みんな疲れきっていましたが、ただお国のためにということで、その日まで、もくもくと働いてきました。父から「広島に新型爆弾がおちたそうだ」と聞いて、子どもごころにも、何となく不吉な、きびしいものを感じたのをおぼえています。

八月九日、工場につくと、すぐ空襲警報のサイレンがなり、退避、そして解除、と走りまわって、やっと仕事にとりかかりました。十一時ごろでした。もうすぐお昼だなと思いながら魚雷の部品の整理をしていました。休憩にはお友達に借りた「二都物語」を読もうと、たのしみにしていたのです。その時、グラインダーのきんきんするひびきにまじって、工場のまん中に備えつけてあるマイクが、何かつたえるのが聞こえました。

「島原半島を西進中！」かすかに聞きとれた途端でした。ガーッと、ものすごい光に目がくらみ、私はまっ黄色の光につつまれ、その中でぐたぐたと体がとけていくのを感じました。次の瞬間、まっくらやみの中に、ずっしりとおしつぶされている自分に気がつきました。

あ、今のは何だろう。爆弾がこの工場におちたのだろうか。助かってよかった。お母さんが心配しているだろう。早く家に帰らなければ…。

「岩永さん！」今まですぐ側にいた事務員さんを、声のかぎり呼んでみましたが、何の答もありません。二、三度さけびましたが何もきこえません。みんなどうしているのだろう。まっくらな中で不安でいっぱいでした。

何かずっしりと、体の上におおいかぶさっています。身動きもできないまましばらくじっとしていました。

かすかに明るくなってきました。それと同時に、何か燃えはじめた気配。きな臭いにおい。危ない。燃えてくるのです。私は夢中でもがきました。少しのすき間をみつけ、力いっぱい押しのけながら、どうやって這い出したのか、外に出ることができました。

そこには、今まで整然とならんでいた機械も、たくさんの人影もありませんでした。うず高く倒れかさなっている工場のコンクリートのかたまりと、鉄骨の残がいがありました。私がいた二階は、私のまわりを残して、下までくずれおちています。

どうしておりればいいのだろう。私はコンクリートのかたまりをのりこえ、階段をさがしましたが、上から二、三段をのこして、とばされてしまっています。

すぐそばに火がうつって、体があつくなってきます。もう考える余裕もありません。

そのうちに顔中べっとり血がつき、誰だか見分けもつかない人が二、三人這い出してきたので、その人たちと一緒にコンクリートや鉄骨をつたっておりはじめました。ぐらぐら動いて、すべりおち、飛び、夢中で下まで降り着いた時茫然としてしまいました。

幾棟かの工場は倒れてしまい、そのために見通しのきく見えるかぎりに、たっているものは何もありませんでした。ただ全体が灰色にかすんでいます。さっきまで元気に仕事をしていた人達。何とかしたい。しかし、二、三人の手ではどうすることもできません。

うろうろしていると「おい、ぐずぐずしていると危ないぜ。早く逃げなさい」とさけびながら、経専の学徒隊員が二人、走ってきました。私たちもどうすることもできず、工場を出ることにしました。

その時にはじめて、何か、指先にぶらさがっているのに気がつきました。何だろうと思ってよく見ると、それは、ひじからべろりとむけて、たれさがっている私の腕の皮でした。ちょうど、やけていく紙が灰になる前のように、それはちりちりにちぢんで、やけこがれた私の腕の皮でした。あとには白い肉が露出して、血がふきでています。私は、ぞっとしましたが、それに、かまっている時間は許されませんでした。小さい私のどこにこんな勇気があったのかと思うほど、力まかせに皮をひきちぎって捨てました。やっと、工場の門を出ました。そこには付近の家から逃げてきた恐怖にみちた人びとがうずくまっていました。

家のある城山の方向は、煙と火で、行けそうにありません。とっさに、学校へ逃げようと、西山の方へ向かって走り出しました。家、電柱、あらゆるものが倒れています。くるくると高くまき上がった電車のレール。

このあたりは、家が建てこんでいたところで、せまい道路は両側から倒れてきた家や電線がもつれていて、道をふさいでいます。その道さえ分からなくなると、倒れた家の上をふみこえなければなりませんでした。

まっくろになっておちている鳥。横だおしになった黒こげの馬。とびこえとびこえ走りました。ときどき爆音がきこえてきます。生き残った人の「退避、退避!」とさけぶ声、うずもれていない壕をみつけてはいると、中は血まみれの人でいっぱいでした。

そこで、同級の平戸さんに会いました。平戸さんは、まっくろな顔をして、やっと見分けがつきました。

「平戸さん」と声をかけると、びっくりして私の顔を

みち子が動員され、被爆した三菱重工長崎兵器製作所の茂里町工場(爆心地から南に1.4キロ、茂里町)。全壊・半焼の被害を受け、特に建物の下敷きになって死んだ者が多かった。(撮影:米軍)

みつめていましたが、やっと私ということが分かったらしく、

「あ、松尾さんね。顔がまっくろで分からんだった」

と、うれしそうな顔をしました。私の顔もまっくろだったのです。お友達に会えて元気の出た私たちは、走りつづけました。平戸さんは、ひざの皿がわれたようだといって、痛そうにびっこをひいていました。

西坂のあたりで、「水はいりませんか、水は…」と一人のおじさんが水筒の口をかたむけて、口の中へ水をたらしてくれました。その時のつめたい水は、やきつくような喉に、たとえようもなくおいしく感じました。

中町の天主堂が火をふいています。

勝山国民学校に救護所があるのを思い出して、立ち寄ることにしました。

ここも、おびただしい出血の人でいっぱいで、たんかの上には、今にも息がとまるかと思われる人が、とぎれとぎれにうめいています。頭をほうたいでまいた医者が手当てをしていました。ここでしばらく待ち、腕に油のような、べとべとの薬をぬって、ほうたいをしてもらいました。

「みち子」という声にふりむくと、仲よしの安部さんと片山さんでした。片山さんは、顔にガラスの破片がつきささって、ひどい出血でした。私たちはおたがいに無事をよろこび合いました。片山さんの治療が終わって頭をほうたいで包んで出てくると、すぐ「さあ、早く学校へ行こう」と走り出し

ました。

勝山の付近は、倒れるのを、やっとまぬかれた家々が、ガラスが吹きとんだまま、立ちならんでいました。広い国道も、飛んできた瓦や、ガラスの破片が重なりあって、うずまっていました。走りながら、ふと、自分の姿をみるともんぺは、やけこがれて、ぼろぼろになっていました。厚い作業衣も、穴がぼつぼつあいてまっかに火ぶくれした皮膚がのぞいています。

私たちは、おびえた目をした人々が右往左往している町の中を、西山にある母校へむかって急ぎました。学校の門へたどりついた時、今まで、はりつめていた心がゆるんだのか、出むかえられた校長先生の姿をみると、どっと涙があふれました。

学校と工場の間には小高い山をはさんでいて、学校はその山かげに建っているから、ここは何ともないだろう、と思っていました。だが、ここでさえ、窓ガラスはみじんにこわれて、窓枠の鉄骨はあめのようにまがっています。ただ、鉄筋コンクリートの校舎のみが、わずかにその形をとどめていました。医務室のベッドの上もガラスの破片でざくざくしていました。それをはらってやすんでいると、しきりに吐き気がします。割に元気な安部さんが背中を、さすってくれました。

そのうちに、ぞくぞく血まみれになったお友達が、ささえられたり、背おわれたりして、集まってきました。

せまい医務室は、すぐいっぱいになって、私たちは校舎の横にたっているたちばな寮に移りました。ここは日本家屋なので、被害がひどく、瓦はほとんどとんでしまっていました。ここにも、もう五、六人のお友達が寝ていて、江口先生や石橋先生が看護にあたっておられました。私の腕をみて、先生方も光でやかれてしまったことに、おどろいておられました。

横になって、見るともなしに空をみていました。

まだ、三時ごろだというのに、空はうす暗く、私の家の方だけがもえるように赤くなっていました。私は無性に心細く、家はどうなっているのだろう、家へ帰りたい、母や弟たちに会いたい、と思いました。しかし私はとうとう家には帰ることができませんでした。とうとう弟たちにも会えませんでした。

私は夜になって、学校から母の実家である矢の平の祖父の家にたどりつき、そのまま動けなくなってしまいました。

〝さとうきびばい〟

父は、つとめ先から、町なかの火をさけて、山ごえして城山へ向かいました。父は、弟たちの、最後の様子を、つぎのように話しております。

父が城山へたどりついたのは、もう暗くなってからでした。あたりは焼野原がつづき、八幡様のそばにある私の家と二、三軒が、やけのこって倒れたままになっていました。

父は、母や弟たちの名をよんでみましたが、なんの答えもありません。しかたなく、夜の明けるのを待とうと思って、庭先に掘った壕へはいると、そこに弟の海人《うみと》が寝ていました。

この春、中学に入ったばかりの弟は毎日作業がつづき、前の日も陣地構築の作業だったため、その日はちょうど休みになっていました。朝から縁側で宿題の竹串をけずっていました。光と同時に家の下じきになり、やっと這い出して母たちをさがしまわりましたがみつからないので、壕の中にねていたのでした。弟は背中いちめんがやけただれ、しきりに下痢をしていました。

父は、翌朝になってすぐ近くの草むらに寝ている母と、弟の宏人、由紀子をみつけました。しかし、その時には、すでに宏人と由紀子は息がたえていました。

母も全身のやけどで苦しい息をしていましたが、父に話したところによりますと、母たちは警報が解除になったので、城山の奥の農家へ野菜の買い出しに行こうと思って、由紀子をおんぶし、宏人の手をひいて出かけました。ピカッと光ると同時に、爆風で吹きとばされてしまいました。すぐ近くまで焼けてきたのですが、動けなくて、そのままねていました。夕方、傷はなかったのですが、宏人が息をひきとりました。宏人は四つ、かわいい、いたずらっ子で家の中の人気者でした。

爆風で、下駄をふきとばされて、「下駄がない」といったり、「空襲ね、空襲ね」と、くりかえしくりかえし母に聞いていたそうです。そして、とんできた木の根を、おいしそうにしゃぶりながら、「さとうきびばい」といいながら、息をひきとったそうです。

戦争中に生まれ、そして死んでいく宏人は、キャラメルの味さえ知らず、いつか食べたことのあるさとうきびの味が、死ぬまで忘れられなかったのでしょう。

私は、今も弟のことを思い出すたびに、胸がこみ上げてキャラメルやチョコレートを、おなかいっぱい食べさせてやりたかったと思います。

父が、みつけ出すちょっと前に、由紀子は死にました。由紀子は、生まれて、わずか、七カ月でした。その小さいひたいは、何かとんできたものがあたって、穴があいていました。由紀子は死ぬまで、母のおっぱいにすがっていたそうです。父は、母を弟が寝ている壕へうつし、幼い二人のなきがらも壕の外へねかせました。

夕方になって、それまで、わりに元気のよかった海人も、だんだん、うわごとを言うようになり、指で何か、こつこつとたたくようなしぐさをしていました。

父に「水がのみたい」としきりにいうので、最後の水になるのではないかと思いながら、さがしに出かけました。だが、どこの井戸にも、死体がいっぱい詰って埋まってしまっています。仕方なく遠くまで行って、田んぼの水を空きかんにすくって帰ってきました。

しかし、水は間に合わなかったのです。壕の奥にねていた弟は、入口に寝ている母のそばまで這ってきて、笑ったような顔をして、息がきれていました。父は、最後の一晩を母のそばにねかせてやろうと、弟をそのままねかせてやりました。

その夜は月がきれいで、月の光は壕の外の幼い二つのなきがらと壕の中の弟のなきがらをてらしました。

父はその時の様子を、「何ともいえない胸がしめつけられる思いがした」と話しております。

翌十一日、父は、つぎつぎに死んでいった弟たちを、やけのこりの木をくんでその上にならべ、自分の手で火をつけました。こんな苦しい残酷なことがあるでしょうか。その時の父の気持ちを思うと、胸が痛くなります。

三人のお骨は、やけあとからみつけた花びんの中にいっしょにおさめられました。「由紀子の骨は、花びらのように小さくて、きれいだったよ」と父は話しております。

父は、壕の中にいれた米や附近の畑からとってきたやけのこりのかぼちゃを空きかんでにて、すごしていました。だが、母もだんだんとおとろえてくるので、リヤカーに母をのせて、やっとリヤカーが通れるくらい取りかたづけられた道を、一日かかって私のねている母の実家へたどりつきました。十三日の夕方のことです。その夜、母は肉親にかこまれて安心したのか、やすらかに眠ったようでした。

翌日になって、しきりにうわごとを言いはじめました。ねているそばのたんすのひき出しをがたがたさせて、「お米の通帳と印は、たんすのひき出しにあります」と、つぶれてしまった家の事を遺言にして…。とうとう燈火管制の闇の中で、三十五年の短い生涯をとじてしまいました。

その時の私は、目の前で死んでいった母の姿をみても、つぎつぎに死んだ弟たちのことを聞いても、ただ、うつろな表情をしているだけでした。ほんとに、どうしようもない悲しみがこみあげたのは、ずっとあとになってからでした。

敗戦、闘病、平和へのねがい

十五日、父は祖父たちと、すぐ近くの伊良林国民学校の校庭で、また母をやきました。母はふとっていたので、木を何度もつぎたし、つぎたししながら、やきました。ちょうど母がやかれている時、重大放送がありました。雑音で、よく聞きとれませんでしたが、それが日本の無条件降伏だったのです。それは、なにもかもなくして父と二人きりになった私たちの上に、あたえられたものでした。

父は、母のお骨を、今度は祖父からもらった植木鉢におさめて、矢の平まで抱いて帰ったわけですが、まだ、お骨があたたくて、そのあたたかみが胸につたわって、その時になって、ほんとに悲しいと思ったと語っております。そして、「何かくやしくて、けだもののようにわめき出したい気がおこった」と話しております。

いま思えば、もうすこし戦争が早く終わっていたらと、くやしくてなりません。母たちは、死ななくてよかったのです。それと同時に、当時、決定的にまで敗戦の色の濃かった日本に、アメリカは、なぜこんな非人道的な兵器を使ったのだろうと、いきどおりにたえません。

その後、私の症状もおもわしくなく、高い熱がつづき、体中、あずき粒より少し大きい斑点ができて、消えたり出たりをくりかえしました。ちょうどひと月たったころが一番ひどく、髪の毛はぬけおち、腕のやけどはうみもでないほどくさっていきました。肉はみどり色にかわって、骨までみえるようになりました。夢うつつのなかに母が出てきて、いつも私をどこかへつれていこうとしました。注射をすれば、注射のあとまでくさっていったのです。あのころの苦しさは今でもわすれることはできません。


父や祖父母の看病で、奇跡的に命をとりとめ、学校へ行けるようになったのは、二月もなかば過ぎでした。学校へ行ってみると、たくさんのお友達が亡くなっていました。それから卒業までは、手が全然動かないので、不自由な思いをしました。その後、私は植皮手術をうけ、どうやら生活には不自由しなくなりました。しかし、今なお赤血球が普通の人の半分しかないという貧血状態がつづいて、もう十年あまりも通院をつづけています。

だがしかし原爆の恐怖は、私たち被爆者だけにとどまってはいなかったのです。原爆二世、三世の問題がうかび上がってきました。最近も明らかに両親の被爆が原因とみられる肉腫で亡くなった中学生のことがつたえられました。広島でも、もう幾人もの幼い命がうばわれています。

原爆は、一瞬にして広島、長崎の幾十万の命をうばったただけではすまなかったのです。二十六年たった今も、毎年多くの被爆者の命をうばうだけでなく、なお私たちの子供までうばおうとしているのです。私は、このような、非人道的な原爆にたいし、はげしいいきどおりをおぼえるのです。

私の三人の子供たちの上に、原爆症が出ないという保証は何もありません。今は、元気いっぱいすくすくと育っている子供たちをみながら、幼くして死んでいった弟たちの影がかさなり、ふと不安におびえることがあります。それは、原爆をうけたすべての親たちの不安でもあるのです。

こういった私たちの不安、苦しみをよそに私がこれを書いている最中、またも、アメリカは、アムチトカ島の核爆発実験を強行しました。広島に投下された原爆の二五〇倍といわれる実験は、アメリカの国内をはじめ、世界中の人びとの反対をおしきって行われたのです。実験でおきたという大地のひどい地われの写真をテレビでみながら、私は、怒りが体中にあふれてくるのをおぼえます。

私は、原爆で生き残った一人として、このような残ぎゃくな非人道的な核兵器をこの地球上に再び使わせないために、ベトナムの子どもたちの上に再びくりかえさせないために、原爆の悲惨な事実を、多くの人に知ってもらいたいのです。子供たちから孫たちへ正しくつたえてほしいのです。そして、子供たちが平和を愛し、平和のために働く人にたくましく育ってほしいと強くねがっているのです。

（付記）私の長女ゆみはいま東京で看護婦として働いていますが昨年結婚し、近く出産の予定です。その喜びと不安とを綴るつもりでしたが病気で果たせず、次男の淳が代わってペンをとりました。たどたどしい文章ですが、お許しください。なお、私のこの記録は昨年、緑ケ丘中学PTA文集「閃光の下で」にのったものです。

（「長崎の証言」（第5集）一九七三年七月十五日発行　長崎の証言刊行委員会より転載）

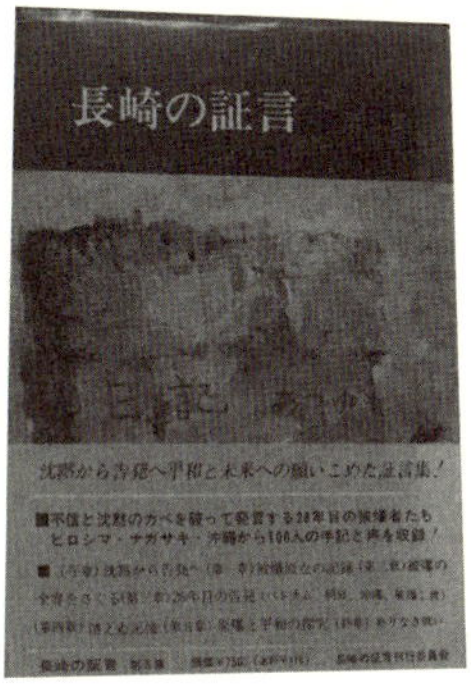

わが子を愛する母として

母、みち子の手記は祖父とは違い、娘、姉の立場で原爆のことを振り返り、結婚して子どもが生まれてからは、母として我が子や孫の行く末を案じている。

あの日、いつものように母や弟妹たちに見送られながら兵器工場へ出勤したみち子は、二度と弟妹たちに会う事はなかった。誰がそんなことを予想できただろうか。世の中には避けられない災難はあるだろうが、広島や長崎に落とされた原子爆弾は、戦況を的確に判断していたならば避けることができたはずである。

原子爆弾の熱線をうけて大やけどを負い生死の境をさまよった母。彼女の首筋から腕にかけては生涯消えることのないケロイドがあった。母は五十五歳で亡くなったが、晩年、「あの日以来、私の生活も性格も変わりました。誰かがきれいな手と取りかえてあげると言っても、そんなものはいらない。一緒に生きてきた手だから」と、あるインタビューで答えている。原爆で母と弟妹を失い、心にも身体にも癒えることのない傷を負った十五歳の少女だった母の心中は計り知れないが、あえて自分のケロイドを隠さず、核兵器廃絶を訴え続けた母のこの言葉は強く私の心に刻まれている。そして、その手で育てられた私たちに自分の体験を語り継ぐように言い残したのである。

母は、この手記のタイトルを「わが子よ孫よこの悲しみを語りつげ」とし、私たちにその使命を託した。

これは、ちょうど私の姉に長女が生まれる頃に書かれたもので、彼らに向けてのメッセージだとずっと思っていた。何しろ母がこれを書いた時は、私は多感な十五歳の中学生だったのだから。だが、それはまた母みち子が被爆した年齢でもあったのだ。

今さらだが、親になり孫もできた私が改めて読むと、決して姉だけでなく私にも向けられていた伝言だということが分かる。

祖父の戦後　ただ、生き続けること

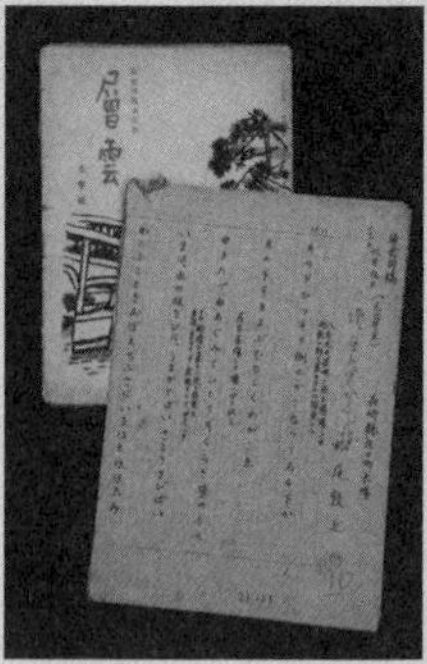

戦後、あつゆきは故郷の長崎県北松浦郡佐々町に住む。昭和23年には再婚して、長野へと移り住んだ。句作は続けたが、昭和36年に長崎に帰郷するまで「原爆にかかわる句なし」だった。しかし、一方で昭和30年に第1回原水爆禁止世界大会が開かれると、長野県の被爆者の会の会長を務め、被爆者の掘り起こしに尽力した。

再び、古い祖父の日記に戻る。青春時代から書き綴られていた日記は原子爆弾が落とされる前の、昭和二十年五月二十七日の記述が最後となっている。そして前掲した八月九日から十五日までのことは、おそらく九月中旬頃に一カ月前のことを思い出しながら記録した、いわばメモというべきもので、実際の日記は昭和二十年九月二十一日から再開している。

そこには、瀕死の重傷を負った長女みち子の看病のことや戦後の悲しくて寂しい暮らしのことが連綿と綴られている。

娘との二人暮らし（祖父の日記より）

昭和二十（一九四五）年九月二十一日

あきさめ挽臼の次ぎにふるいを借りにくる
雨のつゆくさの、死にはやまってはならない

又雨がふる。雨ばかりである。あきさめというと風流であるが、原子爆弾のために全市完全な家は一軒もなく雨漏がする。みち子を寝せて置くところもない。裾の方に革を被せ、周りに洗面器やバケツを置く。それでも、顔などに降りかかってくる。ほんとに恨めしい有様である。

雷鳴はその電光と共に丁度原子爆弾の投下とそっくりで、みち子も嫌がること甚だしい。

裏に下宿している橋本先生（医大の学生）が帰郷されるので百円の薄謝を呈する。八月九日みち子を矢ノ平に連れ来って二、三日は手当の方法もなく、（救護所はあったが通わねばならなかったので）同氏に頼んだ訳である。至極あっさりした青年で裸で聴診器を携えてふらりと入って来たものである。その後父が手当に通って来るようになったが、それでも時々内部を診察して貰った。注射もアルバジルのような性質のものを、（赤と白と交互であって、赤を注射すると赤い小便が出た）十本ばかりして貰っているので、今度医大全焼で今後如何になるのか知らぬが、帰郷されるとのことで、お礼として差上げた。

長尾和夫さんが牛乳をもってくる。毎朝四時頃から立山の牧場に並んで、四十本位しか売らぬうちから、手に入れてもって来て呉れる、その親切、涙なしには受取れない。もう二十日も続いている。殊《こと》に和夫さんが宮崎へ行った留守には、長尾の小父さん小母さんが、殊に小父さんはあらしの中を、届けてくれた。何と感謝の仕様もない。和夫さんに、海人の可愛がられ方は一通りでなく、海人の死を一番悲しんだのは父の私、和夫さんはそれに劣らぬかも知れない。海人の死を悼み、引き続き千代子の火葬を手伝い、家財の掘出運搬に炎天を加勢し、更にずっと一月以上に亘《わた》ってみち子の看護に力を尽して呉れている。ほんとに肉親以上の親切で、肝に銘ずるばかりである。

みち子へいう、お前に毎日牛乳をのまして下さる恩を一生忘れてはならない。又いう、これは或は海人がお前に呑ましてくれているのだ。

昨日受持の栗田先生が来られての話に、一年生全部で十名ばかり死んだとのこと、僅《わず》か十人、その中に海人が居るのだ、私も長中の生徒、殊《こと》に一年生が名札つけているのを見ると、苦しくなる。それが長崎に住みたくない原因だ。

生きているのはお前達を想うためだ
泣いても泣いても木の葉一つおちない

夢にでた千代子のようす程《ほど》哀れなものはない。生前随分食物で苦労していた。私が勤務の関係で買出に行けず、千代子自身は宏人と由紀子のために行けず不自由であった。唯、城山では奥の方へ宏人と由紀子を連れて出掛けていたが、日が浅いため馴染がない。然《しか》し、気心が合うというか不思議なもので或《あ》る小母さんが殆《ほとん》ど公定に近い値で野菜をもってきていた。特別にこちらから何も提供するのでもないのだが、千代子の人間に惚れて持ってくるのだった。宏人は此《こ》の小母さんを「タケノコのオバちゃん」と呼んでいた。筍の出る頃からいつとはなしに知合になって、可愛がってくれたからだ。今度の災害で、相当奥まった所にあったタケノコのオバちゃんのうちも、跡形もない。どうなったかしら。

紺屋町に住んでいた頃も、そんな小母さんを一人知っていた。立山に住んでいて、城山のと同様ほんの少しの畑に作っていたのだが、そのお蔭で千代子は大いに助っていた。疎開後訪ねたがっていたが果たさぬうちにこんなになってしまった。近頃綾子さんが会ったら、どうしているか、南瓜が沢山あるので来ればよいのに、と思っていた、とのことで、姉さんは死んだことをいうと、ほんによい奥さんだったのにと悲しがって呉れたそうである。

こんな風で野菜はどうにかなり、自分のうちにも作っていたが、主食の点で困り、夢に現れたような訳である。そんなことをあれこれ考えているうちに、胸の底からこみあげてきて堪らなくなった。

夜、橋本さんが診て下さる。みち子の病状も、傷も大分快くなり、食慾や熱の点も宜《よろ》しいが、果して回復するかどうか疑なきを得ない。今日はあれこれ考えてついに頭が痛みだした。

自殺を考える。

九月二十二日

きょうも又雨。長尾さん牛乳もってくる。有難し。

きのうのつづきの気持で、怏々《おうおう》としている。全然あなた任せ、になり切ることが出来ればいいのであるが、焦燥、悲観、厭世、何ともいえず、結局死ぬことを考える。時には、みち子がこんな愚図々々した回復振りが腹立ち、癒るなら早く癒ってくれと祈り、或《ある》いは死んで呉れた方が簡単でよかったと考える。然《しか》し、みち子の身になって見れば、どんなに悲しいことだろう。じっと大きな眼を見はって何かをみつめている。その眼の中には、実に無限の哀愁が含まれているように思われる。母を失い、弟妹を失い、自らはいつ治るとも分らぬ傷を負って呻吟している、その身になったら、傍からアクセク気を焦立てるのはほんとに可哀そうだと思われるのである。

虫なく子の足をさすりしんじつふたり
身を寄せにゆくふたりなら皿も二まい
どこにいても親一人子一人の、病室月のさす

子の淋しさを紛らすために将来の計画を大体話して聞かせる。すっかり全快したら、佐々《さざ》で暮す、私が百姓をし、みち子は炊事をする。ひまのときは読書。農閑期には二人旅に出る。主に山伝いに佐賀あたりへ出掛ける。米を担ってゆくので野宿である。そして阿蘇、霧島へも行く。層雲同人に宿るのも宜しかろう。

そんな話をして聞かせる。然《しか》し内心は全く自信がない。自給耕作の困難、インフレに対する恐怖、等々、唯、最後は親子心中と決意して置くより外ない。

近頃一寸した傷、例えば靴擦れや蚊の口目などが化膿して仲々癒らない人が多い。原子爆弾の放射性能に因り白血球が減少しているからだという。これは爆心から遠い安全地帯にいた人で斯様《かよう》である。今日の新聞では仁科博士が、長崎の原子爆弾はウラニュームではなく（広島は是）、プルトニュームであろう、これは前者の数倍の偉力がある、と発表している。

夜は淋しい。早くから蚊帳を張ってみち子と二人の蚊帳にすると、それでも、何だか愉しい。時間を見ると未だ六時半だったりする。床の中で日記を書いたり、本を読んだり（気を紛らすために、ウーマン・イン・ホワイトを今よむ）して睡《ねむ》くなれば晩《おそ》く早く眠る。然《しか》し、ともすればみち子より起されて安眠は出来ない。両手の自由が利かぬから蚊や蝿、蚤にくわれても掻くことさえ出来ない。一々《いちいち》私を起して掻いて貰う。又、大小便、傷の痛み、等々しょっちゅう起される。時には痛みのためみち子だけ目をさまして居り、時には私だけ目がさえて万感去来して床の中に反転する。これからの一生如《か》くの断《ごと》きかと思うと味気なくなる。独りで何かのことをして楽しい、と思っていたのも実は妻子をバックにしていたからだ。酒をのむことはたのしみであったが、今は酒をのんでも楽しまない。却って悲しいばかりだろう。吉田絃二郎「小鳥の来る日」随筆集拾い読む。

九月二十三日

口から白い息の、枇杷の芽立ちのはつく
青い虫のながいひげ追わずに見せている

長尾さん来る。
きょうは罹災者に毛布の配給があるというので貰いにゆく。

会長さんの家は、稲の青々とひがん花さく

罹災証明書に会長の印を貰って大波止までゆく。
進駐軍の上陸の日である。港を圧する巨船、舟艇、機械力の圧力。はじめて市内のこの部分に来て焼跡を見る。何や彼や焼跡にころがっている。

火の走った跡の、とある塀のかげの赤いさるすべり
空の青い、秋のくも、廃墟のあいだの道

粗末な毛布だが無料である。

夜、電燈がつかない。ややもすれば、みち子を叱る。

叱ってはならぬと思いながら、つい疲れているために叱ったあとで可哀そうになる。燈がつかなくて暗いので、ロウソクをつけてくれという。ロウソクも僅かしかない。万一の用意にして置かねばならぬのだから辛抱せよ。暗いと心細い、から点《つ》けて、と頼むのを叱って、暗いままですごす。月の光を入れて、寝る。

月の光を、くらいと心細いというので

生きていても仕様がないと思い、みち子を思う。

溝越さんが昨夕『大菩薩峠』を持ってきて呉れたので、十年ぶり以上に再び読む。

九月二十四日

長尾の和夫さん差支《さしつかえ》あって、栄ちゃんが牛乳をもってきてくれる。有難《ありがた》し。

秋晴。

新聞に原子爆弾の影響として不妊症をあげてある。月経停止から推察しているのだ。この現象は私も、みち子の場合に観察しているので、このことも将来の悩みの種である。

秋晴子がなく子を叱る幸福埒外きいている

夜　電燈つかない。油の灯で「大菩薩峠」をよむ。机龍之助、などというと人は笑うかも知れぬが、その心の懊悩は他人事でなく、胸が痛い。

月夜で外の方が明るい。もう、「名月」の季節ではなかろうか。その月夜の中を夜通し、それは昼間から引続いて、ひっきりなしに、自動車、自動貨車等のエンジンの音が、国道を通ってゆくのがきこえる。アメリカ軍の諫早進駐である。

おかわ替えに月夜、進駐軍のエンヂンの音
月夜めざめてなく子の夢をききなく

九月二十五日

秋晴。特配の酒をとりにでかけるが、無し。

ホタリと柿の実畑の中
秋の山子に子のてがみきている（枕もと）

生きている目的をうしなった。

九月二十六日

昨夜もひっきりなしに進駐軍の自動車の音が聞こえ、銃声もきこえた。然《しか》し何も騒ぎはなかった。

夜中におかわ（筆者注・お厠＝おまるのこと）を替えに出ると、月が欠けていて、少し曇っている。

名月が欠けそめる霧の、おかわかえに出る

朝から曇っている。みち子が、宏人の夢など語る。みち子への言渡し

「二年位生きている積りでいること。その間に将来の生活が成立ったら勿論《もちろん》幸である。二年位の生活費はあるから、その間に将来の見透《みとおし》がつかなければ、阿蘇あたりへ行って自殺をする。そんなにならぬように出来るだけ努力はする。とにかく二人静かに二年位を暮すつもりでいること」

長尾さん来る。進駐軍が呉れたというラッキー・ストライク二本を貰う。やはりうまい。

この家では早朝から父と宏さんとで防空壕を埋めている。こんなもの考えると馬鹿らしいものである。然《しか》し、防空壕が不要になったと、埋めている人達を見ると、実に羨しい気がする。雨漏がするといって屋根を修繕する人、その保険をとる人、皆々羨しい。あまり考えると悲しくなるから、やめる。

女が一人、いつも自分の自由になっていた女、妻。

それがないのも全く淋しい。淋しい。

柿の木のあいだ進駐軍がゆく看護《ミトリ（ママ）》のひま

柿の実曇ってさむい着替がない

夏からの一まい着たままで柿の実、窓

秋の蚊耳（頭）の繃帯はまだとれない

（ただし事実は、両腕のも全てとれていない）

秋の日ものいえばそのことになるので
秋の日親子ふたりにしずかすぎる
柿の木くもり木のすきまジープがとおる
柿の実おちているのをサジで子へやる
窓のそと柿の実おちた音の子へやるべく
それは手足そろうている夢であった
柿の木あかるい蚊帳はって子とふたり
天にも地にも子とふたり秋の山とおく

一ン日進駐軍の自動車の音がきこえる。一ン日子のそばにいて暮す。蝿を追ってやる。蚤の口目を掻いてやる。屎尿《しにょう》をさせる。三度の食事をさせる。父が来て手当するのを手伝う。そんなにして、その日その日をくらす。子を癒すことが、私の生きている目的で、それ以外に何の望みもない。何度考えても、死の周りをぐるぐる廻るばかり。

夜、前田精一来る。宏さんも交えて対馬の兵隊の解散の話など、これでも日本の軍隊の話かと呆れることが多い。進駐軍の機械力、高度の能率等、日本が敗けるのが当然の感が多い。

九月二十七日

しずかなとき耳にくるそれは宏人のうたごえ
「又来るまでは」という歌の一節耳にのこる

長尾さん来る。きょうは牛乳が手に入らなかった。進駐軍に供出のため、一般用の本数が少なくなったとのこと。
空家、空間を探しているが、ない。鳥どもも寝入りているか余吾の海、の慨《なげ》きを知る。

秋さめのあかるい窓に寄るおばあさん

きょうも雨である。少し雨漏する。淋しい。
白血球の欠除には柿の葉を煎じてのむとよい、と先日から新聞に医者の談がでていた。今日から実行する。私自身も用心のため呑むことにする。

ちょいと団扇に掃きとって子と二人暮し
ちょいと団扇に掃きとって一間借りている
あきさめ床の子へきせる袷のこれは妻のもの
雨がもれば洗面器据えてその日その日

九月二十八日

晴、秋日和、長尾さん牛乳もって来る。

小野實さん来る。もう佐々へ移ったそうである。私が決心して移住するなら、住居や畑は何とかしようといってくれる。然《しか》し、田舎は退屈するから、余程の決心がないと不可。島内さんの所に泊る。

午後、新大工町の営団に行く。途中みち子の先生の山﨑先生、図画の山田先生に会う。

営団にて田中部長に面接、当方より、永らく欠勤して迷惑をかけたることを謝す。部長は、「このたびの災難には同情を惜しまないが、他の罹災者が敢然出勤しているのに、子供の看護のために、此の重要な時期に、人事課長としての責任を果さなかったのは遺憾である。よく考慮せよ」との言渡あり。

確にその言の通りであり退職しようと思う。唯、みち子を助けるには、是非私が必要であったので、これが他の罹災者のように簡単に死んで呉れたなら問題でなかったのである。結局我々には日本国の救済はないものと覚悟せねばならない。

夜、罹災者に靴の配給があるので会長宅でクジ引きがあるというので会長宅にゆく、当らない。

靴のクジには当らないで帰るすずむし
帰りもそこでくつわむしそして水音
スズムシ谷いっぱいの灯の、どれも私の灯でない

そこで偶然教え子の長井君に会い広島より持参のペニシリン（虹波一号）を領《わ》けて貰い早速《さっそく》今夜よ

りみち子に呑ませる。

夜半みち子は蚤がかゆいとて起す。つい私も、今日の営団の会見で気分悪く、お前が生きているばかりでどんなに辛い目に会うか、などと愚痴をこぼしすぐ可哀そうになり後悔する。私も、他より朗《ほが》かになれ、と云われるが、現実に処理困難な問題が山積しているので、ともすれば頭がそれに行き煩悶する。気が焦る。国道では夜通し進駐軍のトラックの疾走する音。今午前一時。

九月二十九日

長尾さん来る、きょうは牛乳なし。

午後酒の特配を取りに行く。一升、八円也。それから五勺ばかり呑む。呑みたくて堪らないが、呑めば悲しさが思いやられる。大好きな酒もおそろしくて呑めない。それに、酒がうまいのは、やはり妻子がうしろにいるからだ。何事につけても、これは愉快、と思うとき、無意識に、帰って妻に話したらよろこぶだろうとか、おもしろがるだろう、という気があるらしい。今では、あゝおもしろい、と思った瞬間、あゝ俺には妻がなかったのだと気付き、淋しくなる。この酒一升は長尾さんのうちへ持って行って進物した。

きょうは、松園では屋根の修繕である。これが済めば雨漏もなくて助かる。

みち子は、きょうは一寸坐ってみた。始めてである。友人三人見舞にきて、花や、お芋や、夢二式の絵を贈った。
街では相変わらず連合軍の車がはしる。

秋のそらの澄むころ涙も涸れた
柿の葉ヘッドライトにてらされて襖にうつり
夜はヘッドライトが連合軍街道

藤野君に会う。奥さんも亡くなったそうだ。まだ若いのに生きている元気がないという。君などは、新しい結婚を考えて更生したらいいのだが。

それに比すると、私は、もう家庭の完成近くに於て根底より覆されたのであるから、今更新しく再建する気がない。新に求めて、家庭の建設の苦労をなめたくない。唯、過去の家庭の遺児みち子を守って行くよりほかに途がない。

助かったもの花もって見舞にくる

十月一日

午後営団に行き田中部長に面会し辞表を提出する。割合冷酷な感じを最後に抱いた。他の人々も結局去る者には冷淡である。唯、同じ罹災者のみお互いに理解が届くようである。然《しか》し、私も出来る丈《だけ》、淡々と振舞って置く。（辞表は九月三十日附にて提出）

これで完全に、家もなく妻もなく職もない身となった。子供は四人の中三人を失った。是《これ》以上の落胆はあるまい。世間からも罹災者は或る意味で軽蔑されている。（軽蔑の理由はないのに）決して同情を仰いではならない。どん底から這い上がらねばならぬ、と思うが、そんな気力もない。唯、運任せにして、最後は阿蘇行を決心しているだけだ。

十月三日

昨夜は千代子が恋しく眠れなかった。雨は激しく降る音の中に目をあいて過越し方を考える。愛撫、不和、和解、愛撫、の日々を想出すだに胸が痛む。苦しみもあれば、それだけ楽しみもあった。殊《こと》に最後の数ヶ月は、一つも家に落着くことが出来なかったが、あわただしい日々の中に、僅かに夕食のまどいを持ち、それを十分楽しもうと努力した。努力の割合にいろいろの事情にて楽しみ少く、苦しみが多かった。このことが悔恨の種である。千代子は宏人、由紀子を育てることに苦労し、然し、それに依《よっ》て苦しみを忘れていた。文字通り溺愛していた三人を連れて逝ったことは、千代子が羨しい。

十月四日

此の二、三日雨つづき、殊《こと》に昨夜はめっきり冷えた。
長尾さん久しぶりに来る。奉仕に出ていたという。牛乳は手に入らないそうだ。

夕方になって日がさしてきた。

綾子さんが来る。帰ってから、みち子が泣くので聞くと、浩ちゃんが宏人の着ていた碁盤縞のネルの服（先日与えたのだ）を着ているので、宏ちゃんを思出したという。あれは、前に海人も着たもので、見ると思出して、いけない。早く、山へ入りたい。

子が涙ぐむのから目をそらし窓は日あたる草山

「生ける屍」という言葉がある。そんな気持がよく判る。

秋のよ親一人子一人の子をねせてから思うこと

十月五日

夜長尾さん牛乳もってくる。夕方のが買えたとのこと。

有難し、有難し。早速みち子にのませる。おいしいという。三人の談、海人のことに及ぶ。彼が情深かったこと。困った人を助けていたこと。（大橋から道ノ尾まで営団の人の車の後押しをした。然《しか》も、己は親から叱られ

原爆で亡くなった妻千代子と長男海人。
敦之とは16歳で結婚し、18年連れ添い、
４児をもうけた。

てこっそり飯も食べずに時津へ行った日のことだ）等、思出して語るうち、胸が痛くなる。話をやめる。

十月六日

海人の夢を見た。本博多町あたりで子供の競走のようなのをやっているので見ていると海人が出てきた。お前は生きていたのか、ときくと、うん、という。然し俺はお前を死んだので焼いたがな。あれはお前に違いなかったがな、とその時の記憶を辿って見るが、眼の前にいるのは確かに海人である。なんだか解せぬ思で、私は海人を見ていた。

快晴、火鉢の配給を受けに樺島町へ行く。十円九十五銭也。

途中裁判所の焼跡を見、興味があった。かえりに営団に行き、事務上の質疑に応答する。

夜半みち子下痢する。熱も少しあり、心配である。又、ぶり返しではないかと思う。

夢を見る。綾子さんと会って誘って宅へ帰る。千代子、隣の家にいる。呼んで、こちらへ連れてくる。祖父さんも一緒だ。由紀子も連れている。由紀子の額は鏡餅にヒビワレの入ったような傷がのこっている、これでよく助かったものだと感心する。そこの庭先は伊良林の上の方の田のような景色である。（この夢はいろいろの暗示があった）覚めても別に怖しくも悲しくもなく、とにかく夢にはじめてはっきり千代子を見て懐しい感じがした。

夜長尾さん牛乳もってくる。有難し。（但《ただ》し、みち子下痢にて呑ませず）

矢ノ平父佐世保へ公用にて出張、図らずも実さんに会いたる由、警備隊の通訳にならぬかとの伝言あり。

我知らず叱ることも親一人子一人

叱りて後、淋しい。

十月七日

快晴。みち子の下痢も悪く、熱少し（七度五分）ある。左手の傷の癒りが思うように行かず、何彼と気掛りである。

實さんに、退職したること、愈々《いよいよ》宜敷《よろしく》頼む、という手紙を書く。

あれを思い、これを考え、怏々《おうおう》としている。

十月九日

雨はやんだがあまりパッとしない天気。

朝起きぬけに溝越さんのところへ行き大菩薩峠六、七巻を借る。

きょうは二ヶ月目なので墓へ参る。この前も雨あがりだった。墓の溝が水が溢れるほどながれている。桜のわくら葉が濡れてたまっているのを掃き、水をそなえ、柴《しば》をかえる。木槿《むくげ》の花を近所の墓から貰って挿《さ》す。ここに宏ちゃんのような幼い者まで骨になっておさまっていると思うと、悲しくてたまらない。

それからもう二ヶ月の墓の赤くなる蔦

帰りに綾子さんのところへ寄り、赤痢らしい浩ちゃんを見舞う。床の上に坐って遊んでいる。苦労つづきだった千代子の話になり、益々悲しくなる。

十月十一日

あらしは昨日一日と夜へかけて、そして夜通し荒れ狂いけさになって収った。電燈はつかず真暗な中に早くから寝るばかり。夜十二時にめをさまして、もう睡れまいと思っていたが、また眠りつづけ、宏人の夢を見る。十才位に成長し顔かたちも変っているが宏人であることはよく判っているのだ。そして、曾《かつ》て宏人の死体を焼いたと記憶しているのは私の精神がどうかしていて、実は宏人は生きていたのだと、悟った。夜、夢を見るのがたのしい。それは愛する者達と会うことが出来るからだ。

柿の木に雲ひとひら夏からねている

午後になり日がさし、夜は電燈もついた。此の電燈がつくについては特別に頼んで約束したのだから夕バコ一本ずつ出せといって集めに来た。何たることだ。近頃益々世の中が嫌になる。アメリカ軍に夕バコ欲しさにして乞食同様にして随《したが》いて廻るものがある。チョコレートを貰って、何か立派なことをしたように威張って吹聴する女がある。浅ましい。

みち子と語る。結局我々は芭蕉のような心境で暮さねば、生きることは不能であろう。改革する力なくして、世相を見ねばならぬのは苦痛である。芭蕉といっても、隠遁ではない。その無所住の気持を学ぶのだ。そして、その生き方の純粋を突つめて行くことに畢生《ひっしょう》の努力を傾けよう。その外に生きる道なし。他の人々からはあまりに真面目すぎる、といって笑われる、嫌われる、棄てられる、かも知れない。仕方がない。その外に、生きる道なし。

十月十二日

夜通し、いろいろの複雑怪奇な夢を見る。生きているもの死せるもの友人知人肉親入り乱れて現れてくる。夢を見ることはたのしみだ。

再び家庭を作る希望を失った。もう二度と、あの苦労を繰返したくない。(この場合、禍《わざわい》となるのは、本能に負けることだ。又、将来二十年、三十年の孤独に堪え得るか、という懸念である。この二つの問題の解決は、孤独生活の自由の十分な享受であろう。ここに自由のよろこびを見出すことだ。家庭のたのしみも苦しみも、一度で沢山だ)

机龍之助が人を斬ることにのみ生きる価値を見出したように、私は句を作ることにのみ生きる価値を見出そう――見出そう、ではない。それよりほかに生きる価値を見出すことができないのである。

樹、濃い影もち朝のうち

十月十三日

ほんとに秋らしい日和。

みち子の傷も癒りそうで癒らない。あと、幾日かかるだろう。便所には扶《たす》けて行くようになるし、暫《しばら》く宛、床の上にも坐れるようにはなったが、全快までには前途遼遠。泣いても喚《わめ》いても親子二人寄合って暮すより仕方ないのだから、何処に居ようとも二人居ればそれで私の家族は成立っているのだ。どこに居らねばならぬということはない。若《も》し入院してそれに附添えば、そこに標札でも掛けて住んだ積りで居ればよいのだ。「無所住」

此の日記は、一時の愁嘆にいつまでも耽っていても仕様がないから、次々に、気持を発展させて行く手段として誌すものである。今や「無所住」を学ぶことに目を着け心を据えることに至った。

しずかに萌える曼珠沙華花すぎてより

現在の気持　一、就職せず、食糧自給を図ること　一、若し生計樹立せざるときは死ぬこと　一、妻帯せず　一、無所住　一、句に心を潜むる

真面目な者を笑う風習がある、孤高を恃《たの》むのではないが、真面目にしては渡れない世の中が恨めしい。これは一寸別のことだが、亡き人を長く悼むのも笑われる。

一枚のシャツを何十日も着ている。寒い時は千代子のものをひっかける。寝間着も千代子のもの。簡単な生活。ここでの待遇、今ここに書くまい。人生最大の不幸を経験した私としては大抵の苦労は

忍ぶに易い。

十月十四日

昨夜みち子が見た夢、友達と山登りに行く途中で、お母さん達の住んでいる家（やはり城山八幡様附近のような）を見出したので、そこに立寄って宏人をお守した。大変重くなっていた。

私の見た夢、私は千代子と二人きりの生活をしていた。部屋は六畳と二畳位の、城山の宅の左半分の形をしていた。そこへ伊藤一郎君と誰か外の人と訪ねてきた。その見知らぬ人が私に学校奉職を勧める役割であることは不思議に前以《まえもつ》て判っていた。坐蒲団を出さねばならぬので伊藤君を連れて暗い処へ入って探す。二枚出した。これは冬ものの筈なのが、出して見ると夏もので意外な気がする。（矢ノ平の応接室に置いてあるのが、頭に在ったのだ）ふと外を見ると、身体の透き透《とお》った人が通る。

も一つ連続した夢の中に、長中（筆者注・旧制長崎中学）に行った小川君が出てきた。そして、家二軒の平屋が離ればなれに建っているところへ、二階を共通に作ってある、早くそれを借りればよかったのに、と悔んでいた。

きょうは千代子の命日。死ぬ日に、千代子はトマトを貰ったのを、これは宏人、これは海人、と小さく切って紙に包んで懐に入れた由。

午後元の紺屋町々内会長浅沼先生が来られる。町から香奠《こうでん》として二十円敬供され、みち子の病状に就ていろいろ忠言を給わる。まことに有難し。斯《か》くなりて始めて、その真価が判り、感激する。光永君、高平伸吾君も亡くなった由、惜しいことだ。

浅沼先生の助言もあり、夜、みち子の膝より下を入浴す。次第に上身に及ぼし、新陳代謝を盛にする予定。

十月十五日

昨夜の夢、水浦海岸より千代子と二人乗船。ふと窓より眺めると富岡君が海岸の石に腰かけているので、下船。それから詳《つまび》らかでないが、何か杉の葉で盛に飾っていた夢。

きょうはみち子起出て椅子に腰かけ、私と二人、風景を見たり越方行末のことを話す。ジープがひっきりなしに通る。

山の畑の櫨《はぜ》の木が黄ばんでいる。二人いればここがスイート・ホーム。二人佐々へ移ればそこがスイート・ホーム。神意仏慮に従って移ってゆくだけ。佐々がいけなければ、阿蘇がスイート・ホーム。今後或は二人にて転々せねばならぬかも知れぬ。どこに安住の地があるだろうか。無所住。

建てきった四畳半の一室、みち子は六時頃から眠っている。その傍に腹這って此の日記を書く。秋の夜長。これが将来の生活を暗示するようである。

病人と二つの椅子と、山の畑の紅くなる櫨の木

父と娘生きる決意（祖父の日記より）

十月十六日

よい日和。きょうは何となく気持がよくみち子と歌をうたう。又、日向《ひなた》に出てみち子と共に日向ぼっこをする。水仙の芽。

昨夜の夢、種岡先生が海人を連れて（海人は先生の子になっている）海水浴に行くのに会い共に行く。着くや、海人が足が痛んで色蒼くなったので、私が背負って船で帰るべく岸に桟《かけはし》のようにした板をわたる。実に危くて手すりにかけた手が離れそうで、離せば海中に落ちるので実にキツク半死半生で、やっと船にのる。

伊藤正太郎より、みち子死亡の悔状来る。何の間違いか、これは縁起がいいと言われているので、あまり悪い気持はせず、随分丁寧な手紙で、却て気の毒だ。

夜、みち子入浴。頭、両手を除き、何ヶ月振りの垢を落す。一度には落ちざるも気持よからん。

父と子二人いてたのし水仙の芽

十月二十日

二人は淋しい。母を失い弟妹を失ったみち子の心中は可哀そうだ。生計を樹《た》てる自信のない父を頼りに、ほんとうに信頼し切っている姿を見るとき、実に腸《はらわた》を掻きむしられるようだ。自分自身にしても、手の利かない子を抱えて、彷徨《さまよ》う姿を顧みて、泣きたくなる。

夜溝越君本を貸しにくる。有難し。

十月二十一日

朝溝越君訪問。山口正範君来合せて鼎談

ビール（三人で一本）ハム、煎豆にて社会の憂うべきを語る

午後みち子の髪を洗う　縺《もつ》れかたまりて解けず而《しか》もズルズルと抜け可哀そうなり

梳《す》けば抜ける子の髪を梳いてやるコショウの花

隣家にアメリカ軍人来りたると語る、外人と語るは久しぶりなり

今朝溝越君の話にも、子供を犠牲にしてはいかぬ。とありつらつら考えるに農に入らんとするは一、食料事情により　二、みち子の回復のため　三、不具に近き身の都会に住むを好まざるため、なるが、ここに将来のことを考え農に従事すると共に佐世保又は相浦にて通訳をし、通訳の後に於ける計を立つる足がかりともしたらんには、安全度を増すに至るべしと考えるに至る。現在に於ては介抱の傍ら、も少し語学を勉強して置こうと思う

みち子月経始まるらし。八月にありて、九月になく、罹災民共通の不妊症になる処は解消するらし

く、そうとすれば有難いことだ。月経帯を綾子さんのところへ借りに行く。月の出うつくし。

きょうは何彼と多忙であった。

十月二十四日

実さんより手紙あり当分同居しそのうち間借をし、食事と農耕は共同にてよし、と言い来る。来月の命日のすぎ次第行きたし、先方の言の通りにして生活し、佐世保に就職したし。

木のうしろから日つゆけく何もなくてよろしい

十月三十日

なにかと忙しくて日記が書けなかった。

実さんには、先方の言葉の通り生活する希望と就職とを依頼の速達を出す。

みち子の髪を洗い二三日がかりにて醜くない程度に整えてやる。初めは絶望的に固まり縺《もつ》れていたが努力の甲斐があった。然《しか》し大部分抜けてやっと火傷の禿《は》げをかくす位の、三分の一ほどが残った訳である。

みち子ぼつぼつあるきあや子さん宅までどうにか歩くこともうれしいことの一つだ。

腿の注射あとの腫れも、化膿し、油と天花粉のねり薬にて癒す。案外簡単に癒りうれしい。

みち子の月経は果してほんものであったかどうか疑わしい。

みち子が友人より借りたる中里恒子の随筆「常夏」をよむ、良き本なり。

生かされていることに就ては「何物」にか感謝したき気持になるも
日本又は日本の神または神社には絶対に崇敬の念を捧ぐる能わず

「何物」とは何物か　それをはっきり知りたい　然しそれを「神」と名づけ信仰することにしてどんな神かときかれたら「私の神」或は「私の佛」と答えたい　どこかにいることはいるに違いない

それは千代子、海人、宏人、由紀子であるような気がする

私にはこの四人の神（仏）があり合掌するのは此の四人に手を合せる、そう思うのが最もぴったりし切実であり親しみがある。

そうだ。この四人が我々二人を常に見守り守ってくれている。そう思い、感謝して日々をたのしく暮そう。

十一月四日

長尾和夫君が加勢に来るというので好意に甘えて城山に掘出に行く　すっかり盗まれていることは先刻承知であるが通帳類を目的に出掛ける。丁度《ちょうど》向いの高原さんも整理に来ていたがその言によると団体的に盗んで廻っているのでどこもその被害が多いとのことだ。実にひどい日本人だ。

印鑑通帳は幸いにして底の方に発見できた、しかし全く腐れてしまって紙幣などくっついたのを剝ぐとぼろぼろに破れてしまう。その同じ雑嚢《ざつのう》にハンカチ、風呂敷、糸など新しいものを沢山入れてあるのも殆《ほとん》ど駄目だ。

然かし、千代子の可憐な心情が偲ばれて涙がでた。とるにたらぬものだが新しいもの、それを大切な通帳といっしょに！　いつまでも年とらなかった子供のような大人！

可憐！

その他腐れかかった辞書類を少し出す、案外手間どり弁当ももたず夕方帰る。途中、長沼武二、原口（亀岳ノ亀浦）山田忠治に会う。

千葉の本散乱せるを拾い、その新約聖書をみち子へわたす

原子爆弾からいく月小さなうちの朝顔冬となる

十一月六日

きょうは一日在宅、みち子に英語や代数を教える。

彼女も拇指利かぬながら親しい友に手紙を書いている。しずかな夜。

利かぬ手でたよりかく子心のしずかなよる

十一月七日

みち子は利かぬ手でてがみを書いている。

運動会のうたのおけいこやせた子ばかり
子のてがみの中ははのことがかいてある
日に光っていた柿の葉もないというてがみ

そのてがみをのぞいて見るとやはり千代子のことを書いて淋しそうである。読むと涙がでる。やはり私よりも此の子の打撃が大きいであろう、淋しい年月も亦《また》永いわけだ。

十一月八日

朝から城山へ行く。途中竹ノ久保に五島からの香奠《こうでん》を托されて供える。

城山でわずかのものを掘出す。海人の教科書がでてくる、宏人のきものがでる、でるは涙。

初冬の空あくまで晴れて、へちまなど又伸びて花をつけている。殊《こと》にあみかけのあみものでてきて感無量。

初冬のへちまの花ばくだんのあとのうちから
掘りにきてにぎりめしひとり初冬のはれてる
泥の中からつまのあみかけのあみもの

あみかけのあみもののはりの折れているさえ
泥の中からつまのてがらの色あざやかな
これは宏人の、まだ一度もきないきもの
つまが子へ用意してある月経帯です新しい
子の学校の書物と帳面
曳出にきちんとしまっていた幻燈キカイ
これが見納めのつぶれた家の晩いへちまの花

掘ればまだ何か出るであろう然し涙がでるばかりだ。もう再び城山へも行くまいと思う、早く長崎の土地を去り旅行者として以外には二度と住みたくない。

旧約の中からヨブ記を引裂いてかえる、六時、ヨブ記を読んでみよう。

十一月九日

丁度三月になる。

朝、昨日掘出したものをせんだく、長尾さん来たので、共に墓に参る、暫《しばら》くの別になるかも知れぬと思うとその石に、涙がとめどもなく流れた。

影はつゆくけ涙はあついものと

帰りに浩ちゃんを見舞う、回復しないかも知れぬと思いその顔を眺めると可哀そうである、綾子さんの心情もきき涙を禁じ得なかった。

それにつけても千代子の心根のいじらしさ！

帰りて海人の日記を見、又涙がでる。

悲しくて悲しくてたまらぬ。

私が清浄にして暮すことが千代子にも子供達にもせめてもの供養であるとしみじみ感ずる。清浄な生活、これは亦みち子のためでもある。

十一月十日

夢、海人と宏人とも一人誰か分らぬ二、三人に氷に砂糖入れて、西瓜をたべさせていた愉快な夢、夢は昔のたのしい生活の再現、夢を見れば、失った生活も一つの形でのこっているということができる。

十一月十四日

あきさめというか冬の雨というか一ン日ふる。

きょうは墓にまいる積りであったが雨のためやめる。

きょうは千代子の死んだ日である。いろいろ考える。
午後床屋に行く。
みち子も私も終日本をよむ。
佐々へ行く日も決定していないが、天気回復次第行くようにしたい。

十一月十六日

佐々行きの準備をする。
よる長尾さん来り、みかんを貰う。汽車の切符、その他荷送りの件依頼す。十九日に発ちたし。

十一月十七日

朝から蒲団をリヤカーにのせて綾子さん宅へ行き、矢ノ平に置いとく蒲団をもってかえる。夕方長尾さんのお父さん来り　今日切符を買った旨気の毒そうに云われる。故に、明日出発と決め、あわてて支度をする。

十一月十八日

朝八時十五分発で発つ。二等車である。七時すぎても長尾さん来ないので心配したが、やっと間に合う。彼も島原へ行くというので同車する。見送りは、矢ノ平の母、みどりさんである。綾子さん宅よりはむし諸《いも》を貰う。同室に溝越のお父さん、馬場代議士あり挨拶する。又、県立高女校長にも佐世保駅にて会い、今後のことに就き諒解を受く。

早岐にて乗換え、佐世保にて一時間待ち、一時半佐々駅につき、それよりゆっくり山路を辿って四時頃小野家に着く。

丁度、実兄貞明さんも在り、寿兄も居合せる。

姉さん、母、節子さん、居るところに、とうとうやって来ました、と挨拶するのも唯々涙である。

ここへ来て最初の感じは、千代子や海人が長崎に健在しているような気がして、いくぶん気持が樂になったことである。

十一月十九日

朝、墓にまいる。

午後田に付いてゆく。節子さんを抱いてゆく。すぐに懐いてくれてうれしく、自分の幼子に対する愛情が移ってゆくことが我ながらうれしい。

夜、貞明さんギターをひく。昔を思出す歌の数々。満月ごろの月うつくしい。

十一月二十日

朝、駅に電話かけて貰うと、手荷物ついているので、リヤカーひいてみち子と取りに行く。何の異状もなく到着して居た。帰りの坂道を国民学校二年生というのが四人押してくれて大《おお》いに助かる。

夜、みち子も風呂に入る。母が世話して呉れる。

今日実兄が佐世保へ出たので、就職口を頼む。個人事業の通訳がよかろうということで、熊野猛に話してやるとのことであったが、午後帰っての話に、よろしいその中に会おう、との返事であった由。ありがたし。

十一月二十三日

快晴。みち子に貰った渋柿《しぶがき》をむいて干す。四十個ある。少しせんだくをする。

和田さんより香奠を頂く。幸子さん帰省。

二、三日前、仏壇に先生の「露」の一字を収め、朝々拝むことにしている。千代子、海人、宏人、由紀子を毎朝想うのだ。遠くで、達者でいて呉れよ、と思う。

とんぼうとってやることもあ子ならと想い

十一月二十四日

朝からみち子と古川へ行く。小野猛の汽車定期券及身分証明書等を村役場で謄写させて貰う。午後三時半頃までかかり、帰りに、おし淵段四郎叔父のところへ寄り、挨拶をする。夜くらくなり提灯《ちょうちん》を借りて帰る。

十一月二十五日

殆《ほとん》ど一日子守をして暮す。みち子は午後、辻へ遊びにやる。殆ど寄辺《よべ》なき子であるが、今から出来るだけ同年輩の親類に附合せて、いくぶんでも淋しさを紛らさせ、後年の力強さを得させて置きたい。只《ただ》独り淋しさうに石に腰かけて、海を見ている子を見るとき、ほんとに可哀そうな気がする。

ここの祖母さんの気が強くて、情が剛《かた》いのにはおどろく外ない。みち子泣く。

十一月二十六日

天気である。昨日と同じく節子さんと遊んで暮す。

今日もみち子にとって悲しき日であった。

ふろの流し石のそば冬の日水仙

十一月三十日

早朝よりみち子を連れて相互病院に行き診察を受け、診断書を貰う。田舎の病院に似合わず、よく整っているので、暫《しばら》く通院させようと思う。みち子を帰し、私は小浦駅より佐世保に行き、事務局に出頭、当分本部に詰めて居るように云われる。診断書と、医療器具を送り、通訳宿舎玉屋旅館に寄り、定期券（小浦－佐世保間、三ケ月三〇・五〇）を申込み、四時十八分発にて、帰宅す。すっかり暮れる。みち子も淋しかったことだろう。（六時頃）。

風呂が立ったので、みち子を入浴させる。生きるためには、悲しい二人であるが、力を協《あわ》せて立上らねばなるまい。明日から、五時に起きて、七時二十三分発の汽車で出掛けるのだ。

十二月一日

今日から通訳開業である。朝五時に起きて、六時半に出る。きょうは本部に詰めていて、終日何もしなかった。寒い。四時半の汽車で帰り、六時すぎに帰宅する。

今日はみち子は医者から、凍傷に罹《かか》ると腐る惧《おそ》れがあるからと注意された。このような寒さは実に困る。殊《こと》に、二人で世帯でも持つとなったら、どんな結果になるかを思うと、あんたんたる気持であるが、互に元気をつけ合い、慰め合う。

困難に進んで立向うようにしたい。

十二月二日

寒い。寒い。みち子は凍傷を起しては悪いので、火にあたるように云って置いたが、火にあたっているとお祖母さんがヒユナシになる、と叱ったそうである。外《ほか》の身体と違うので、も少し同情して呉れるといいのだが、悲しいことだ。

十二月三日

久しぶりに、千代子達の夢を見た。何か野外で、岡の中腹のようなところで演芸会のようなのが催されている。私とみち子は見物人の中に混って見ていた。その中に出演者として、千代子と宏人と由紀子が出て来た。由紀子を負った母のそばに、宏人がぴったり附添って元気よく見えた。宏人は髪を伸していて、あの世での生活ぶりが窺われるようだ。由紀子の眉間には未だ少し血が固っている。千代子は盛《さか》んに何か話をしているが、口の動くのが見えるだけで、何を言っているのか聞取れない。私は、少し離れているみち子に、あ、お母さんだと知らせるために、みち子を小言で呼んでいた、外の見物人の邪魔にならぬように。

醒《さ》めても、千代子達の顔がはっきり残っている。殊《こと》に宏人の逞しい成長が見えて、夢とは云いながら、嬉しかった。彼等が、あの世で楽しく一緒に暮しているようで、羨しい位だ。

十二月五日

朝起きると、みち子が泣いている、理由は言わない。何となく悲しくなったのであろう。こんなことが度々《たびたび》ある。私自身にしても、何とも彼とも仕末のつかぬほど悲しくなることがある。いっそ気狂いになったら、とさえ思い、いっそ死んだら、と思ったりする。その度毎に、みち子のことを考えて、心を鎮める。唯、「みち子のために」というのが、現在私が生きている目標である。

夜、くらい路を帰ってくるときの淋しさ。いっぱいの星。くらい木の蔭。昔の迷信のように、死んだ千代子達が、そんなところから出てきたらどんなに嬉しいかと思う。

佐警の署長のところへ、福江の署長さんが来た。その人も家族を城山に置いていて、失ったそうだ。ここの署長との間に、再婚の話など出ていた。私の再婚は、然《しか》し、決して考えていない。みち子の前途が確定するまでは、決して自分の将来を考えようとは思わない。思えば、みち子程《ほど》可哀そうな者はないと思い、それに心身を捧げたいと思う。

十二月六日

きょう新聞に、城山町町内会にては、十二月九日午前十一時五分、八幡神社横地蔵堂にて、原子爆弾犠牲者の追悼会を営むから、生存会員の参列を乞う旨広告が出ていた。あのあたりの情景を思い、感無量。

行詰ったら二人死ぬばかりだと覚悟をし、あまりあくせくせずに暮そう。こんな世の中だから、或《あ》いは死なねばならぬ窮境に陥るかも知れぬ。止むを得ない。みち子と呑気に暮そう。

昭和二十一（一九四六）年一月二十三日

今日は由紀子の生れた日である。それ以後のことをいろいろ考えていたら涙が出てしようがない。

みち子は一週間前に風邪をひき一旦よくなっていたが二十日（日）早朝高熱を出し殆《ほと》んど息もたえるような、丁度八月のときと同じ症状を呈したので、大《おお》いに狼狽した。力竹医者を呼びに、新宅の義しゃんが行って呉れた。寿さんも、行って呉れた。その他近所の人が大勢入替り立替わり見舞に来られて恐縮した。人々の情に涙にむせぶばかりだ。リーチ中尉にも委細を認《したた》めて寿さんに託する。

みち子は周期的に身体が弱るように思われる。

医者の診断によると、風邪と、心臓が弱っているとのことである。

去年の今日は雪がふっていて由紀子と名づけたが、ほんとに感慨無量。殆ど、生きている希望もない程だ。ああ。

一日あたたかくて南風ふき、「どんこ」というそうだ。

どんこが水に入るのだそうな。

ことしは南風の、お前の誕生日の私の周り

由紀子のゆきが、今年は雪がふらない枯草
南風ふく水平のまだ寒の内どんこが水に入る

種おんちゃんのうちに行き、漬物を貰ったりする。あまり由紀子のことを思詰めたためか、脳貧血を起して一時人事不省となる。

昨日先生の「龍」つく。

この傷心は、句を作ることで慰められるだろうか。

やはり、句に生きていた人達は偉い。私も、結局、ここに生きるより外に、生き道は見出せない。

この傷心のままに過していたら、自殺するより外に道はないようだ。

ああ、千代子、海人、宏人、由紀子。千代子、海人、宏人、由紀子、私を、みち子を、守ってくれよ。

ひらけば水平、納やの二階が住い
泣いたあとは子のよこに入りてねる

一月二十四日

叱る子があって叱って泣かして（たたいて）いる
子をたたいたときの子のからだの成長ぶり（思出す）
………しろい障子はめた納屋が私たちのうち
……　　　　叱る子がほしい

力さんが子供を殴ったり叱ったりしているのを見ると、思出して悲しい。海人が千代子から叱られて、だまって時津へ行った、その途中車の後押しなどしたことも後に他からきいたが、海人の純情がしみじみ思出される。

今日はバカにあたたかくて、水平線をとおる船を見ている。

明日から出勤しようと思っていたが、みち子の容態がなおはっきりしない。やはり、心臓が弱っていると思われる。それに、みち子は私が行くことを泣く。親一人、子一人の身の仕方がない。将来のためにも通訳商売は適当ではあるが、子のためには、この職も抜棄しなければならぬかも知れぬ。なにもかも失った今、ちっぽけな現在にあまり執着することもあるまい。

よこにねせておけば動く時計

たてにしてもよこにしても動かなくなった時計だ。

二月二日

きょうは旧の正月である。梅も綻《ほころ》び、あたたかい日がつづいたが、きょうは寒い。

みち子も大体回復し安心した。然《しか》し、なるべくみち子と共に在るためには、規則的に勤務するのも困難なので、前途を考えて、通訳商売を廃業し、独立して仕事をしたいと思う。佐世保の市内目貫《めぬき》の通りに商店の一隅を借りて私設案内所を開設したいと思う。マツオズ・インクワイヤリー・オフィスだ。そのために店の相談に、豊さんに速達で頼む。

なお一月二十六日義幸さんの一周忌に、幸さんに香奠を送った。昨日礼状届く。

みち子が、復校する希望を叶えるために、長崎へも連れて行かねばならぬ。忙しいことだ。

これから一本立で商売をすれば、時間も自由になるから、日記をつけたり、句を作ったり、大いにがんばりたいと思う。

世の中には、私共戦災者を恰《あたか》もおちぶれたかの如く蔑視する奴があるので、反発して、然もニヒリスチックに、大胆不敵にくらして行きたいと思う。

二月三日

よく晴れているが寒い。みち子も床はしきっぱなしで仲々離れられない。然《しか》し健康は回復している。

二月四日

立春　きょうはあたたかいのでみち子の髪を洗ってやる。長崎で、発つ前に洗ったばかり。寒いときには洗えないと心配して日を選んだのであるが、その髪の少なさ、洗って拭いてやるともう乾いてしまっている。安心した。
「人生劇場」読み了る。

夜、油と煮干の配給とりに行く。
隣保班長の宅である。帰りは随分冷える。

配給をもらってかえる梅の咲く闇
フールとつれだつ灯があしもと
配給をわける相談いろりの榾火《ほだび》
ラジオのうたがそのころのこと榾火

夕方ラジオが愛染かつらの唄を霧島昇、松原操のコンビでうたう、昔を思い涙がでていたたまらなかった。

みち子長崎へ、別々の暮らしはじまる（祖父の日記より）

二月五日

みち子を八日頃長崎へ連れてゆく予定として移動証明を部落会長宅へ貰いにゆく。そこへ来ていた客、二人の女、街へ嫁《い》った風采がそれぞれ子を連れていたが、宏人を思い、胸が切ない、又、千代子を思う。帰りに雨にあう。

梅　雨に追われてもどる

颪のはげしい雨の梅のさきだしたばかり

上の池下の池枝のひたって芽ぶくばかり

寿さんが真申に移る。生憎の雨で馬車は来ず荷物を濡して大変だ、薪を少し貰う。

まきと野菜と部屋の隅梅のはげしい雨

あれを思いこれを案じ精根つきるかに感じられ生きる希望殆《ほとん》どなし、今のところみち子が生きているから生きているだけ。淋しい。

放哉山頭火等のさびしさがやっと分ってきた、殊《こと》に放哉は偉かったと思う。

三月十四日

ながいこと日記を書かなかった。その間を抄録

二月八日　みち子を連れて長崎へ行く

九日　墓参詣　学校へゆく

滞在中　入歯を中川町宮崎にてなす

二週間　一四〇円

木下丸夫氏宅にて脇田氏再婚祝をかねて一ぱい

二十六日　みち子を長崎に残して木場に帰る
二十八日　佐世保へ行き事務局にて通訳退職　一、二月分給料約八〇〇円
三月二日　辻啓さん町葬
三日　相浦に出で寿さん宅にて一泊
四日　長崎に出る
　みち子の卒業試験中滞在
十三日　木場へ帰る
層雲復刊につき二月十五日分及三月一日分〆切二、三日後何れも速達にて投稿。

三月十五日

夜よく眠《ね》つかないので朝寝する八時半まで。

きょうは米の配給をとってそのまま相浦に行き一泊。

明朝寿さんに頼まれたように平戸高女（筆者注・長崎県立平戸高等女学校）の卒業式に幸子さんの保護者として参列する予定、明晩は益雄宅に泊りたい、それで米をもってゆくのだ。

きょうは午前中句の整理をする未だ原子爆弾当時のは、どうしても手がつかぬ。

そして一時頃家を出ようと思う。どこに居ってもよく、どこに居らなくてもよいからだ。どこに住《トド》（ママ）

まらねばならぬと思うな。

三月十六日

　朝八時の汽車で出たが、駅々の停車が長く、十一時頃平戸高女の講堂に入る。海峡を渡るときから雨。去年七月に来たときは人事課長として出張所に用があってきたので、今の気持で比べて、ほんとに夢のようだ。海峡の渦を眺めて、ほんとに悲しい。又、平戸の波止場は、去年は空襲警報が出　警戒警報が解けるまでは船を出さぬといって、それを待っていたところ、昼食をした丸屋旅館、等々何一つ変っていないのに、そこを歩く私は、芭蕉ではないが、「侘つくしたる侘人」否、それ以上傷心の人である。

　雨の中を女学校へ行く。見晴しのよい所だ。講堂では既に式も半ばすぎていたが、彼女等の唱歌をきいていて涙がこぼれる。みち子は二十日が卒業式といっていたが、五年まで行くから今度の式には来なくていいというので行かぬが、却《かえ》って他の子の式に出る皮肉。可哀そうなみち子！　近藤益雄宅に泊り種々話の末、リーフレット「俳句地帯」を出す相談をまとめる。緑平、益雄、敦之、草児、苦味生、でやるのだ。平戸文化協会の話も出たが、私は生活上木場を出る訳行かぬのであまり積極的な援助は出来ない。

三月十九日

誰からもうてあわれぬ……境涯に陥ってしまった。無一物の私にうてあったところで一文にもならぬからだ。一番近いところではミノル兄など、これである。——それでよろしい。

放哉は人間を物体と見ることによってその眼をひらいた。私は、そのようにハッキリ定義できる眼をもたぬ。自分ながら、憐《あわ》れである。千代子がこれを見たら泣くであろう。弱い、弱い。誰からもうてあわれぬのも淋しい。然《しか》し事実だから仕様がない。世の幸福な人達の邪魔にならぬようどこか片隅にそっと生きているより仕方がない。

弾む心をもってはならぬ、幸福な人達の目障《めざわり》になるからだ。丈草の「さびしさの底ぬけてふる霙かな」さびしさから上へ抜け出ることは絶望である私によって、さびしさの底から下へ抜けるより方法がないのだ。

さびしさを底抜けしたら一体どこへ出るであろうか。

淋しさから誰かを訪ねようとする。そしていよいよ淋しさが増すだけだ。

今私は、千代子失いし後、全く孤独である、という意味は、此の世界に、ほんとうに私を理解し、愛するものがいないことで、ここにほんとうの淋しさがある。ひしひしと迫る淋しさ。この淋しささえ無くば、外形的に独りの暮しをすることは決して淋しくはないのだ。此の意味の淋しさは果して現世にて癒されるかどうか分らぬ。悲しいことだ。失った悲しさ、無い悲しさ。やはり泣くより外ない。

放哉、山頭火等の、捨てた悲しさに比べると、奪われた悲しさはひとしおである。

三月二十一日

彼岸の中日である。朝、財産申告を書き、午後部落会長宅に行き、帰りに大岳にのぼる。風はつよいが、近来にない晴で平戸、五島がみえる。枯草を刈る人がいた。枯原の中にて、つまへの恋情に泣く。

三月二十三日

一日雨ふり風ふく。一日句の推敲をす。

好きな句ができた。

　　つまよまたきたよおまえのすきなこでまりだよ

千代子は「こでんまり」といって好いていた可憐な花。妻に似て、無邪気な花といいたい。暫《しばら》くしたら咲くだろう。早く、挿してやりたい。

三月二十六日

相浦六・二三発で立つ。途中ずっとセバスチニの「スカラムッシュ」を読みつつ行くので、一つも退屈しない。この前、佐々へ帰るとき半分よみ、今度半分にて、読了。十一時頃着。途中綾子宅に寄る。

つまよまたきたよおまえのすきなこでまりだよ

浩ちゃんの病気も見直したようなり。よろこばし。
矢ノ平着。みち子は深堀の友人訪問にて留守。

三月二十七日

早朝よりみち子を連れて慈恵病院に行く。相当待ったが、とにかく手術して見よう、そのままではヒビからバイキンが入るから、先《ま》ずヒビを癒す、ということだった。

三月二十八日

みち子のサイン帳など読む。そして心理を知る。これは私の生き方に就て根本的に方向を決定させるものをもっている。

三月二十九日

今まで自分は、千代子の愛だけで生きていたことを知り愕然とする。それだけが真実で、千代子亡き今は、ほんとうになんにもない、世の中に唯の一人も真実に私を愛して呉れるものは無いのだ、と思うと一寸《ちょっと》淋しくなる。然《しか》し、世の中を見渡すとそんなものが多い(夫婦なる者でさえ)唯それを改めて気付かぬから矢張り幸福なのだ。

私のしんの淋しさはこれであろう。妻子の亡いかなしさとは別で、この淋しさは泣くに泣かれぬものなのだ。せめてみち子は、母や弟妹はなくとも、真実の愛を得るように祈る。

三月三十日

人の魂を揺りうごかすような句を作りたい。

そのためには物質的な栄達や繁盛はかまって居られない。

こんな解りきったことが、ともすれば忘れがちで、他人の地位や富を時々羨んだり、他人の家庭や幸福に捕えられたりする自分を見出して、ハッとする。ばかな自分だ。又、いろいろの物欲や浅ましさに思耽ったりすることがある。それでどうして他人の魂を揺りうごかすことが出来よう。

人の耳をそばだてさせたり目をみはらさせたりする、そんな器用なことはお前の柄ではない。

千代子、海人、宏人、由紀子の死を無にするな！

朝みち子と病院に行き順番がおそかったので一旦昼食にかえる。途中フリージヤが出ていたので千代子達へ買ってゆく。さくらがさきかかっている。

三月三十一日

みち子は今、年令からも境遇からも最大の危機にあるので、私の進退も慎重でなければならない。

綾子さんが勧めるように今再婚でもしようものなら、みち子は父からまで捨てられたと感ずるであろう。みち子のためには却《かえ》っていいのではないかと彼女は云う。そんな場合そんな人を得るということは十に一も望めない。即《すなわ》ち再婚はみち子にとって危険である。しっかりした考えをもって、揺がぬようにしたいと思う。

も一つ私の心境からいって、再婚の実現不可能な理由がある。此の年になってから恋愛などはおかしいけれど、単に生活の便宜上からの結婚はしたくない。今のようにして生きて居ればわざわざそんなことをする必要もないし、今更《いまさら》求めて煩瑣《はんさ》な結婚生活を繰返したくないし、生活用品を手に入れることも不可能だ。唯、人が――好きな、又、好いてくれる人があれば、問題は別だ。そんな人ならみち子をきっと愛するだろう。そしたら、みち子の状況と睨み合せて（現在はむろんダメだが。）喜んでその人を貰う。年四十を過ぎて、左様な奇蹟が起り得るや否や。自分ながら興味深く思い、白年河清を待つ気持である。

千代子達の墓へ行く。桜が大分咲いた（四分位か）

昨日挿《さ》したフリージヤ、少し萎《しお》れていたが匂っている。墓にキスしたかったが、きょうは人目があるので、（子供達が、女の子さえ、さくらの枝にのって折っている。あさましい）フリージヤを嗅いで帰る。ある墓で、あたらしい位牌が倒れていたので起すと、三人の名（老女、二十六才の女、二才の子）が書かれ昨年八月九日の死であった。

四月一日

求めざれば憂き世も愉し。

みち子へ注意。右の条、及、日常の心掛。

きょうより原子爆弾当時の句の推敲にかかり、仕上げたら佐々へ一寸《ちょっと》帰ろうと思っていると、昼に、ここの母より、いつまでいる積りであるか、移動証明がないため（これは長崎市は転入禁止）味噌、醤油其他が困る、との話あり。私は、米は相当持ってきていたので安心していたのであるが、此の話に、大分迷惑をかけているようなので、みち子の手術も見届けたいと思ったが、仕方ないから五、六日頃には帰りたいと思う。ほんとに、あさましい話だ。

綾子さんの所に行き右の話をし、みち子の手術に、出来たら立合って呉れるように頼む。

朝、不動と明治生命と、郵便局（市川さん）へ行く。

午後、ソヴィエト映画「陽気な連中」を見る。大衆文藝二月を買う。（汽車の中でよみたい）

みち子と話合う。補習科が出来たらそれに通いたいが、下宿の点で、この家も居心地わるく、困っている。補習科が作られねば、来年専攻科を受けたいのに、勉強ができず、ほんとにほんとに困ることとなる。どっちにしても苦しいことだ。

とにかく茨の道、へこたれてはならぬと思うが、次々にイヤなことばかり、精も根もつき果てる。

思うまい思うまい芽がでる芽がでる　　**山頭火**

四月四日

みち子は友達の招待で出掛けた。私は銀行へ入ったり富岡君に金を借りたり（七〇円）して金策。次のように、金を置いて行くこととす。松園へ二〇〇円（二月八日より二ヶ月分として。一ヶ月一〇〇円の割。この割合で出さなければ、快よくして貰えないであろう。みち子を長崎に置くことは、経済上からいっても苦痛であるが、みち子の意志を尊重して、苦痛に堪えて行きたい。働らかねばならない）

みち子へ一〇〇円（手術などでもっと要るだろうが、当座としてこれだけ。佐々へ帰ったら、手続をして　無職の証明　も少し金を送ろう）手許に四〇円ばかり残るのが私の生活費になる。

きょうみち子が行った友達（古賀陽子）のうちは、その伯父さん方にて、陽子さんは父は伊万里に、母は亡く、妹と二人伯父さんのうちにいるとか。その家は教会にて、伯父夫妻はみち子にも大変親切であったと。みち子はクリスチャンになりたいようなことを云ったが、それは賛成である。宗教をもつことはよいことだ。

人は、皆よい伯父伯母をもっているのに、自分にないことをみち子は慨《なげ》く。それは私が四才にして貰われてきたことに原因する。実家の方は殆《ほとん》ど縁がなく、養家もその親類も血がない。親身のもののない所以である。せめて、自分一家だけでもと、子供が増えたこと（将来互に兄弟助合ってゆくこと）をよろこんでいたのだが、一朝にして失ってしまった。

今度でも、みち子が長崎に留るにしても、居心地のよい家、否大体居ることを許されそうな家が無く、心を痛めている。

ほんとに何かにすがりたい気がする。宗教、神、然《しか》も、私は神にも絶望している。

夜、海人の夢を見る。

四月五日

朝病院に行く。白血球が少くなっているのであるから、若《も》し化膿すれば伝染する。だから出来るだけ手術は後にするのが良い。という話なので、暫《しばら》くはかかるだろう。

次に駅に行き、切符を買う。雨降りだし雷鳴とどろく。桜ももうおしまいだろう。芭蕉に、さまざまのこと思出す桜かな、とあるが桜からは殆ど何も思出さなかった。然しいたるところ花がさき芽がでるのが出入りに目に入り、胸がいたんで仕様がない。

それに明日はみち子と別れねばならない。もう、そう度々《たびたび》来る訳にも行くまいから、当分会えない。別々のくらしをするのは却《かえ》ってみち子を強くする上によいかも知れない。然し何といっても淋しいものだ。殊《こと》に木場での朝夕を思うと苦しい。

うれしいことが一つもなくなった。わらうこともなくなった。

四月六日

十二時四十五分で発つ。みち子と紺屋町まであるいてゆく、いろいろ話しながら。この子だけ、この子と二人きりのこの世。抱きしめたい気がする。

四月八日

朝食本家にて馳走になる。

きょうより全くひとりの生活、如何にして生きるか。

先ず仕事を始めねばならない、がこれが大問題だ。

それから、日々日課をきめて暮さねば、とても堪えられぬだろう。

一、句作推敲、行住坐臥

一、ヴァカリー英文法通論（翻訳）

一、簿記珠算

一、連句俳句研究

一、子へ聖書書写

よろずのことはたのむべからず。……身をも人をもたのまざれば、是なる時は喜び、非なる時は恨みず。……（徒然草）

零落してしまうと人の心の冷たさをしみじみ感ずる。人皆自分のことに忙しいし、それに人心すさんでいる世の中だ。徒然草の、右のような気持に徹しなくては、とても安らかな心をもつことはできない。

ホウタイをせんだくし、ブローチなどといっしょに、みち子へ送る小包をつくる。益雄から「俳句地帯」第一号十九部送り来る。佐々に一〇、相浦に五部、頒價二〇戔にて本屋に託することとす（二〇戔は本屋の手数料）緑平先生より見舞状、木天蓼より就職の件再信あり。

部落会長宅へ、無職証明を願いにゆく。

昨年十月以降の日記を読み返す、当時の心境も忘れがちになってくる。

今度は、勉強の予定など立てているので、却て忙しい位で哀しみにおそわれることが少いようだ。淋しいことは淋しい。鼠の穴に、杉の葉をさしこんだりする。

四月十一日

昨夜小島政二郎「私の古典鑑賞」の中の「今昔物語」（今は昔、デ始マル）の章をよみ、此の物語が三十一巻、千三百の短篇から成り、その種類《ジャンル(ママ)》の多きことからいっても世界無比。平安朝の他のものの持つ優雅等みじんもなく、散文芸術としてもユニークなものであることを知った。

芥川龍之介によって始めて其の芸術的価値を認められ、彼はその初期の作品の題材に多く利用したという。

夜半に目さまし鼠をおどしたりするうち目がさえ、右の本をよみつづけ朝三時頃になって再びねむる。

その夢二つ

一、海人がかえってきた。カスリのきものきてカバンさげて、大きくなっている。はだけた胸の色がしろい。家は矢ノ平のような感じ。私はいつも夢でだまされて来たので、今度も夢だったらつまらない、と思って、十分目をさますために散歩にでて行く。そしてこれなら大丈夫と思う位に目がさめたので、家に戻って海人に会う、おゝ夢ではなかったと喜ぶとたんに目がさめて夢だった。がっかりした。

二、千代子と私は大波止あたり(警察前)まで来た。蛍茶屋行が出るが乗らないか、ときくと、乗る、という。それではおしっこして置かないか、ときくと、する、という。そこの広場が面白いことには花園のようで、しかもまわりは全部便所だ。ところがどちら向いても男便所ばかり。やっとのことで女便所の戸が二つ並んでいるところを見つけて、千代子はその方へ行く。見ると宏人がいて、その方へついて行こうとするので、私は、手をひいて花の方へ行く。すると、宏人の背の高さ位のアザミが咲いている。これは葉は痛いが、花を摘んでやろうかな、と思って、手をのばしていると、宏人が私に声をかけた。「オンチャン!オヂチャン!」私は、「ばか!おとうさんじゃないか」と叱ると、「がっぱいした」と答えた。その声は、しかし、海人の声であった。

夢を見ることはせめてもの慰めである。こんな夢を見た朝は何となくたのしい。一緒に生活したような気がする。……朝寝して、八時に起る。

このごろの生活の大体を書きとめて置こう。

食事は、昼に炊いて朝まで食べるようにする。茶をもたぬので、白湯《さゆ》。炭がないので、薪を小さく折って火鉢で沸かす。副食物は殆《ほとん》どなく、本家から貰った漬物か、配給の味噌をそのまま食べる。とにかく飢をしのぐだけの食事。

うちにいるときは、殆ど常に机に向かって四月八日に誌《しる》したようなことを、漫然となす。何もしないでいるということは殆ど無い。読物としては、H・G・ウエルズの「インヴィジブル・マン」というのを字引でよむ。面白い。

きのうからの雨で、はだんきよの花、梨の花ちる。

四月十二日

みち子から手紙くる。九日までの日記風な手紙。

この孤独な生活は、退屈はしないが、淋しく哀しい。片時も妻子のことを忘れ得ぬからだ。一生この重荷を負うて生きねばならぬかと思うと、うんざりする。世の幸福な人達が羨しい。

四月十八日

家もなく職もなく妻もない身は、けいべつされる。世の中にはけしからん奴がいて、私達のような境遇の者さえ冷眼視する。

淋しい。虚無。——然《しか》し、何もないところにもあかるさがあるのではないか。なにもない空のあかるさ。——寂光土！もし私に、何か明るさというものが戻ってくるとすれば、実に、虚無のあかるさであろう。そんな明るさを思うと、たった独りの生活というものが、願っても得られない、有難いものとなる。誰が逆立したって、これが解るものか。

死ぬことは不幸でない。不幸は生きることの中にある。私の不幸は最悪のように見える。然しもっと悪い不幸を想像することができる。みち子を失うとか、私自身手足や耳目の働きを失うことだ。自分のからだの部分を失うことによって不幸にされる私とは一体何であろう。妻子を失い手足を失ってまだのこっている私。

四月二十三日

昨夜十二時すぎまでかかって握飯をつくり今朝四時に起きて諸をむし、八時の汽車で発つ、読物はファントマ。二時着。

四月二十四日

手術をするような話なので病院へ行く。然《しか》し、結果の保証は出来ずおどかすような言方をするので、みち子手術を受けぬといい泣く。結局、そのままやめにする。

これは私にとっても、みち子にとっても、大問題で、本人が一生つらい目に会うのはもちろん、私も、そのような子をのこしては死ぬに死なれない心残りの気持だ。ああ、天なるかな命なるかな。

四月二十八日

昼に、配給の酒（二合）をのみ、益々《ますます》悲し。これからの長い年月を、どうして暮して行こう。ぼうぜんとして為すこともなく午後も夜もすごす。

五月一日より二中に勤務するときの日課は

往復　句作　　　　車中　読書

学校　語学、手紙　　自宅　句、日記、手紙

五月一日

四時頃めざめてそのまま起きる。依然大あらし。少し早目に、ズックの靴にゲートルにて出掛く。小浦駅にて、旅の踊子達はだしで来る。

二中にて新任式、受持は二、三年の英語なるも、本日は授業せず。始業はカンカンと鐘がなり、古めかしい。

五月五日

日曜なので七時まで寝る。起きでると久しぶりの快晴、五月らしい気持よい青葉若葉の候。昨夜は千代子の夢を見たようだったが、よく覚えていない。

懸案の、六ヶ月間着たままのシャツを洗う。兵隊シャツで丈夫なので又すぐ着る。靴下三足、ふんどし三つ。

部屋の整理をする。留守してくさらせた野菜を始末して箱をあけ、床の間（とは、納屋の二階に、上等すぎる）の箱の茶碗皿を移し、その後に雑誌や本をつみこむ。非常に片付き、キチンと、そして清潔になった。それに午後二時頃までかかり、後は、なんということなく気分がすぐれず、夜に入る。蠅がでてきた。

五月九日

また天気が怪しいので傘もって出たが、降らずにすんだ。きょうは九日、しきりに妻子のことをおもう。私のことを千代子は泣いているであろう。海人、宏人、由紀子、幼いいのち、……泣け、泣け。

原子爆弾の句の整理ができないでいたが、きょうから是非遣《や》りとげるぞ。当時のその日その日のつもりで。

覚悟一、無一物の私は、無一物であるが故に、人からケイベツされている。

二、又は、思召をかけてやろうという面をされる。

三、ほんとうに親愛の情をそそぐ人の外、すべて路傍の石である。

四、ただそれだけでも重荷であるのに、徒《いたず》らに感情を浪費するな。

五、心を労して思うことは唯一つのみ。

五月十日

快晴。ノバラ咲く。つつじ満開。ヒルガオ一つ見つける。

どうしてこう悲しいのだろう。行きがけから、帰りの佐々駅着までは気が紛れている。一旦《いったん》佐々駅に下りて帰途につくと、猛然として淋しさ悲しさがおそってくる。山路にかかる。ふとした思出が頭をかすめると、涙がとめどなく流れてくる。帰りつき冷たいお茶で、冷たい御飯を漬物だけで、味気なくすます。そのかなしさ。誰に訴えるすべもない。ひとり夜の机に倚《は》べる。愈々《いよいよ》淋し。

五月十一日

快晴、遠足であった。烏帽子岳へ登る、約一時間半要する急峻である。頂上近く池がある。親子堤といって一つの池を大小に石垣で分けたところで、休憩昼食。十二時に解散して下る。眺望よく、佐世保周辺の地理がよく分る。大村湾をへだてて、はるか長崎の山々がかすんでいる、みち子のいるところ。

切符は無制限発売になり往復も買えるようになったので月末ごろ長崎に行こう。

二時半の汽車でかえり、古川で、米と塩の配給をとってかえる。つめたい風が、つよく吹く。木場は風のつよい所だ。

五月十二日

夜中から雨の音をきき呆れる。起きると（八時）やはり雨。日曜なので、のんびりして、ちょっと掃いて机にすわる。

独白、

お前は、千代子達の死にたる時、死すべかりしもの、生きているのは、雑誌の附録みたいなもの。あせらずにゆうゆうと生きよ。

千代子達が死んだのは、お前が一途に仕事に生きられるように、家庭の束縛を解いてやったのである。

彼らの慈悲心を生かせ。

人恃《たの》むべからず、を固く承知の上、何人とも交れ。現時のように各人の思想が分裂しているときには、濫《みだ》りに意見を発表せぬがよし、思わぬ敵意反感を招くのみなり。勿論、追従に非ず、我信ずるところを確くとりて動かざるは言うまでもなけれど、瑣末な事で一々あげつらうは時間の浪費にてもあるなり、それにて余人を説服せしめ得れば幸なれども、現時は左様に簡単なる世相に非。簡単に云えば、私の思想感情は徒《いたず》らに幸福なる人々をひんしゅくせしめる以外に何の効果もなし。

五月十四日

きょうは十四日、千代子の日である。二時半の汽車で帰る。

五月十六日

郵便も来らず層雲も来らず、淋し。

千代子よ飯くいながらでもお前が忘れられない

海人宏人由紀子よあの世でまめでくらせよ

五月二十四日

長崎行の切符を買う（往復佐二（ママ）より）長崎行の準備をす。新宅よりとう豆を貰い塩ゆです。

本家より卵（四つ）もらい、一緒にいでる。新宅より更に、えんどう多量に貰う。

五月二十五日

退けてから二時の汽車で行く。天気悪し。婦人春秋をよみつつゆく、大村湾の暮色、少し波立つている。

少し延着し、浦上にて下車、電車にのる。みち子は長崎駅に出迎えたとのこと。

矢ノ平につき（米一升、えんどう一升）みち子にあう。うれし。あや子のところへ行く。（米五合、煮大豆）

五月二十六日

朝墓参り。蝶が千代子の花にくる。

そのままみち子と、木場の子供達への土産をかう。

松園の父と後添の話でる。一周忌すぎるまではふれたくなきことをほのめかす。実はなほ深き意があある。

早く、夕飯をたべて、みち子駅まで送ってくる。

五時の汽車、大村湾の夕日美し。九時すぎに相浦着、一泊。

六月二日(日)

六時頃起きる。雨がふっている。小降りのようなので傘も借らずに、七時半の汽車で帰る。ところが相当の降りになって濡れてかえる。九時まえ帰着。

雨の日曜なので、ゆっくり句を推敲したりしてくらす。あまりはかどらない。原子爆弾より終戦までの句。

みち子へも手紙をかく、その一節
『お前は十六才にして母弟妹を失い爆弾にうたれ劫火をくぐり生死の境を彷徨し、傷はのこり手は利かず——こんな境遇の者は歴史上にも稀であるから、よほどしっかりした女になるに違いない、なるのが当然である。

又、私自身に就て思う。

世の中の人は私の意見を尊重せねばならぬ、彼等は私ほどの経験はなめていないし、若《も》しほんとうに私を批判しようとするならば私の立場に立ってみなければわからぬことだ。

結局私の周囲には私を理解できる人をもたないだろう（口をつぐんで語らぬようにする、より仕方ない）千代子達の思出を大切に胸にしまって、時々取出して心をなぐさめ、かなしむのがよろしい。他人にきかせても、せいぜい好奇心から耳かたむける位のものだ。雨の日曜、黙ってひっこもって、誰にもうてあわれずに、心のむくことをするのは淋しいうちにも、なんとなくたのしい（という言葉では言いつくせぬが）ものだ。ところがそんな話を人にしても、妙な顔をしているだけだ。早うおくさんばもらわじゃですたいと言う位のものだ。ほんとに鼻安くいう。丁度こわれた七輪の代りに新しい（或は古物の）七輪を買え、という風に。

あわれ七ヶ月のいのちの、はなびらのような骨かな

このような哀しい美しい詩は、自慢ではなく却《かえ》って悲しいことだが、私だけしか詠い出すことはできず、勉強して是非詠いださねばならない。

（千代子達を句の中に生かしておきたい）

そして世の中のありとあらゆるものが、私の沈痛な心には、何の魅力もない。私の沈痛な心に慰えるものを私自ら作り出さねばならない。』

六月五日㈬

出掛けに怪しかった空も午後快晴となる。

敦之の教え子がまとめた『花びらのような命　自由律俳人松尾あつゆき全俳句と長崎被爆体験』
2008年1月31日発行
編者：竹村あつお 発行所：龍鳳書房

帰ると層雲社から返稿が来ている。

六月号からの復刊ということになるらしい。

七月号　七句
八月号　十二句（特選）とす、とある。

昨年の九月から今年の三月頃までの句である。一ばん重要な八月九日より十五日までのが、今推敲中という訳だ。とにかくこれで元気がでる、大いにやろう。特に

つまよまたきたよおまえのすきなこでまりだよ

が選ばれたのはうれしい。私の、千代子に対する切々たる然《しか》しなつかしい心情を吐露《とろ》したものなのだ。

六月九日㈰

雨、六時頃おきて冷飯たべて、そのまま机にむかい苦吟、きょうは九日であるし感無量。二時頃まででかかり三十五句にまとめ発送の運びとなる。

わが傷はわが舐めるほかなしけもののごとく
おのれ葬りたしわが悲しみ風化する前

私と母。抱かれているのは弟淳

母の闘病

夏休みに当時長野に住んでいた敦之を訪ねたみち子家族。敦之の日記に「井上デパートで、玩具、ゆみのポロシャツ、ショートパンツその他いろいろ買いもとめる」とあり、長女はその服を着ていると思われる。

原子爆弾によって家族四人を一度に失った祖父と母の二人には困窮の生活が待っていた。顔から両手にかけて重度の火傷を負い、髪の毛も抜け落ち、身体中に斑点が出るなどの瀕死の重傷を負った娘の看病に明け暮れた祖父は職場をも解雇され、経済的な後ろ盾も失ったのだ。

私は祖父や母を見て、原爆のことは十分に分かっていたつもりだったが、日記を読み進んでいくうちに心の中は怒りと悲しみがないまぜになった感情に満たされていった。私の想像など及ばないほどの現実がそこにはあったのだ。

原爆で亡くなった人たちはもちろん悲惨だが、残された者たちにも辛く、悲しく、苦しい生活が待っていたのだ。

みち子はその後昭和二十二年六月に大腿の皮膚を手の甲に移植する手術を受けた。その模様を祖父がやはり手記として残している。

一人ひっそりと息を止めた母

母は女手一つで私たちきょうだい三人を育ててくれた。

戦後、大やけどした両腕は大腿部からの植皮手術を受けたもののケロイドが残り、病弱で、いつも「きついきつい」と言って仕事が終わると転寝《うたたね》をしていたのをよく覚えている。後遺症のため病院での定期的な検診は必要だったが、その病院が私の通う大学の近くにあったため、薬の受け取りは私の仕事であった。

薬は片手では持ち切れないほど大量で、亡くなるまでどれだけの薬を飲み続けたことだろうか。

そんな母ではあったが私たちには弱音を吐かずいつも明るい母であった。

だから母が体験した恐ろしい出来事は、直接私たちに話してくれることはなかったし、私からも詳しく聞くことはなかった。

私の小学生来の友人は、「周くんのお母さんはいつも笑顔で、そんな辛いことがあったなんて全然分からなかった」と、最近になって母の被爆体験のことを知りこう話してくれた。

その母があまりにも早く逝ってしまった。

一九八五年九月九日、忘れもしない月曜日だ。

一人暮らしとなっていた母は、祖父が亡くなった後も墓参りは欠かさず続けていたのだが、その前日の日曜日に墓参りから帰宅した母から、当時福島県郡山市に住んでいた私に電話があった。

　私は九月一日付で郡山営業所から福岡支店への異動が決まっていて、業務の引き継ぎが翌月曜日で完了し、火曜日には転居の手筈になっていた。

　母からの電話はその引っ越しの件であり、自分が福岡まで手伝いに行くという内容であった。

　私は母の体調を気遣い、「そんな必要はないよ」と返事をして短い電話を切ったのだが、まさかそれが母との最後の会話となるとは……。

　私と電話で話した数時間後に、母はひっそりと時計の針が止まるように亡くなってしまったのだ。

　翌日、出勤して来ない母を心配して職場の人が様子を見に行くと、私たち兄弟が使っていた二段ベッドの下段で亡くなっていたそうである。

　心臓が発作を起こし、医者から処方されていたニトログリセリンを服用する間もなく逝ってしまったようだ。

　原子爆弾を受け、生き延びるために長い間酷使した心臓が働くのを止めた「心臓死」であった。

私たちきょうだいのうち私だけが独身だったのが、その夏に婚約したばかりで、それをとても喜んでいた母。私の結婚が決まって安心しそれまで張り詰めていた緊張の糸が切れたのかもしれない。

その訃報はすぐに私の会社までは届いたのだが、その日は業務引き継ぎ最終日で、私は福島県内の営業先を後任の社員と回っていた。

いつもなら昼頃定時連絡を入れるのだが、その日は時間に追われて福島県内を走りまわっていて電話をする余裕もなく、やっと夕方営業所に戻ってはじめて母の死を知ったのだ。取るものも取りあえず着の身着のままで東北新幹線に飛び乗った。

自宅に帰りついたのは日付が変わった深夜である。

私が一緒に住んでいれば死ぬこともなかっただろうと思うと、悔やんでも悔やみきれない。あのときの苦い思いを折りに触れて思い出すたびに古傷に触れるような痛みを覚えずにはいられない。

祖父と母から引き継ぐ思い

私を抱く母

娘を抱く私。結婚前に亡くなった母には見せられなかったが、2人の娘に恵まれ、近年、孫も生まれた。

久々に聞く母の肉声

私が本書執筆の準備をしているときに一本の電話が入った。

電話の主は、一橋大学名誉教授の濱谷正晴先生であった。先生はかつて大学で被爆者調査を研究テーマにされていて、今は定年で退官されてはいるが大学時代の調査資料をまとめる作業をされているとのこと。

用件は母みち子と祖父敦之の調査資料があるからお送りしましょうという有難いお申し出であった。

私が二〇一二年に祖父の日記を編集して刊行した『松尾あつゆき日記』（長崎新聞新書）を読まれて私への連絡となったようだ。

後日送られてきたのは祖父への聞き取り調査票と、一九六八年、一九八〇年、一九八三年に行われた母への聞き取り調査時の合計五百分以上にも及ぶ録音テープだった。母の声を久しぶりに聞いた。母は自らの被爆体験のことや核兵器廃絶のための活動に加えて、私たち子どもとの生活の話など詳細に語っており、祖父の日記を初めて読んだ時と同様の何とも言えない感情がこみ上げてきた。

一九六八（昭和四十三）年のインタビューは、すでに手記などで発表している母の被爆体験がほとんどなので掲載は割愛するが、気になったのはインタビューの後ろで賑やかな音楽が鳴ってちょっと五月蝿《うるさ》いことだ。どこで録音しているのだろうかと聞き耳を立てていると、アニメのような声がする。やがて事態が飲み込めた。インタビューは自宅で行われていて、その傍らで私と弟がテレビを観ているのだ。時おり私たちの声が聞こえたりする。当時、私は小学四年生、弟は一学年下で、まさにタイムスリップしたかのような感覚にとらわれた。

長時間にわたる録音には、被爆当時のこと、その後の暮らしのこと、平和活動のこと、結婚のこと、困窮していた生活の経済的なこと以外にも私たち兄弟の進路、結婚についてまで、ありとあらゆることが記録されている。

それらの録音テープに残された、私たち家族に関することを拾ってみる。

※一橋大学濱谷ゼミナールによる平田みち子さんの生活史調査記録
（石田忠・濱谷正晴「原爆と人間アーカイブ」より）

母の少女時代　～一九八〇（昭和五十五）年の録音テープより～

平田みち子（母）　父なんかも、学生時代は経済出身でしたから、戦争の経済的な仕組みはわかっていたかもしれませんね。でも私が勤労動員として、すごくきつかったり、具合が悪かったりしたのを無理して、工場に出たことがあったんですよね。そんな時も父は「休みなさい」って言うんですよね。軍事産業によって三菱なんかはどんどん儲けていたので、父は「戦争によって儲けている」っていうようなことも話したりしたことが、ありましたけどね。

――で、そうお父様が言われた時は。

平田　私は反発して「そんな言うて、非国民のごた」と、よく父と言い合いしよったんですよね。「きつかっても行く」と言ったりしてね。具合が悪くても、私は工場に行ってたんですよ。それなのに後で考えたら、結局は、体を悪くしても全然何の補償もないんですよね。

これは、母が祖父敦之と戦争、学徒動員のことについて話したときの様子だ。祖父が経済出身と話しているのは、今の長崎大学経済学部の前身である長崎高等商業学校を卒業しているためであるが、敦之が食糧営団に勤めていた事もあり戦況について一般の人よりは知っていて、この戦争には反対らしいことが窺われる。だから、祖父は前職の市立商業時代に校長と衝突して教員をやめて転職したのだろう。
私がこれを聞いて、少し驚いたのは、祖父が娘みち子に具合が悪い時には工場を休みなさいと言ったのに対し、母がそれは「非国民」と咎めたことである。私は母から面と向かって原爆投下当時のことを聞いたことはないが、あちこちの会場で当時の体験を母が話す時に、私は小さい時分からついて行っていたので、母は元から戦争には反対していたと思っていたのだが、当時の教育のせいではあるが、言わば軍国少女だったということに少なからずショックを受けた。

――阿蘇で平和大会が開催されたのは、平田さんが市の従業員組合にいらっしゃるときですか？

平田 平和大会があったのは組合に入る前ですね、昭和二十七年かな。

――それにはどんなきっかけで参加されたんですか。

平田 その頃は、平和っていえば、「アカ、アカ」って言われてた時代ですけどね。「平和を守る会」っていうのがあって、全九州の各地で平和大会が開催されるようになったのですね。詳しくは知らないのですが、その頃までは、私はまだ北松浦郡の田舎にいたんですよ。

――御主人と？

平田 私らみんなね、まだ長崎出てきてなかったんですね。私が原爆についてみんなの前で話をしたのは、その平和大会が一番はじめでした。

――それはどんな団体が集まって。

平田 平和委員会っていうのがあったのですね。いろいろな組合が一緒になった民主団体というのでしょうか。もちろん、共産党も社会党もいたのでしょう、あの時。そしてあの国民平和大会っていうのをね、ウィーンで開くっていうことでね、阿蘇の平和大会のときにその代表を選んだりしましたもんね。

――日本の代表を。

平田 そして、その代表で私も行くようになったんですけど、外務省が旅券を出さなかったんですよね。

――平田さんが行かれることに?

平田 そうですね。私を含めて三人です。あの学生の代表の人は立命館の人だったんですよね。

――学生も参加してたんですか。

平田 あの頃あちこちの大学の学友会が大会に参加していて、学生代表としてウィーンに行くようになったんですけどね。そのための旅券をね、政治色があるっていうようなことが理由だったと思いますが、なかなか出してくれなかったのですね。旅券の交渉に東京にも行ったんですよね。二十日間ぐらいで、小さい集会、大きい集会、いろんなところに話して回ったのですね。そのとき私はみんなと別行動で、原爆の話もいろんな集会に出向いていていたしました。

――旅券を発券しなかったのは、代表団全体に対してですか？

平田　全部です、全部。

――原爆の話をなさりにいったのは。

平田　もうね、地域のいろんな集会に行きましたよ。覚えているのでは、中野区のね、平和懇談会っていうところにも行ったのですよね。それから、職場では、岩波書店にも行きましたね。銀行は協和銀行とかでしたね。十人ぐらいでこぢんまりと話すこともあれば、大きい会場で話させてもらったこともありました。内容は被爆の実態ですね。初めて聞いたって人ばっかりだったんですよね、その頃は。昭和二十七年。

――お一人で回って？

平田　一人でっていうか、あれは、民主婦人協議会っていう団体で、そこが計画を立ててくれたんですよ。当時、民婦協って言っていました。外語大なんかにも行きましたね。一人でも多くの人に訴えたいという思いで話して回ったのです。

――平田さんは、その代表団のうちに選ばれたというのは、被爆者だということが条件なんですか。

平田　被爆者から選ばれましたね。

――一人なんですか？　それは。

平田　被爆者から一人でなかったのかなあ。なんかいろんな階層の方がいらっしゃいましたね……。

そして、その時が、被爆のことを話した一番はじめですね。（笑）

母と反核運動（提供：谷口稜曄氏）
原爆で青春を奪われた上、十分な援護を受けられず、結婚や就職などでも差別に苦しむ悩みを語り合おうと1956年「長崎原爆青年乙女の会」が誕生。みち子は初期のメンバーだった。会の活動はやがて、「ふたたび被爆者をつくるな」と核兵器廃絶と被爆者援護運動へとつながる。

軍国少女だった母の悔い

母が被爆の体験を語り始めるようになった経緯が語られている。

母は昭和二十七年に熊本県の阿蘇で開かれた平和集会で被爆者代表に選ばれ、ウィーンへ行くはずだったのが、当時は旅券が発行されずに行けなかった。このウィーンへ行けなかったという話は、うっすらと記憶しているが、それが昭和二十七年のこととは思いもかけなかった。第一回目の広島で開かれた原水爆禁止世界大会は昭和三十年のことだから、それよりも古いことになる。戦後の早い段階で、以前は軍国少女だった母なのに、いち早く平和のために自分の体験を語ろうと思った母を誇りに思う。

また、同時に選ばれた学生代表が立命館大学の方だということも驚きである。というのも、私が高校から進学する際に、地元の大学と立命館大学を受験すると母に告げたときにとても喜んでいたのを覚えているからだ。母の胸の内にはこの代表の学生のことがあったからかもしれない。

それから、話は姉と私、弟と私たち子どものことに及んでいる。

平田　いえ、私は、やっぱり、子どもを外に出そうと思ったんですよ。なんていうかなあ、よく、女の子一人しかいないのに、出したねって言われるんですけどね。子どもたちにはやりたいことを思い切り何でもしてもらいたいという気持ちがあるんですよね。長崎に一緒にいたら、何か頼るんですね。子どもたちに、頼りたくないですよね。それはなんか足ひっぱるような感じがするんですね。だから今度も長男も就職なんですけどね。「どっか出なさい」って言ってるんですよね。一人になってもよかけん、自分の好きなことをしなさいと。自分では分かってるんですけどね。寂しいだろうとは思うけど、もう、出た方がよかって思うんですよ。弟が家を出て学校にいった時も、弟は、やっぱり、一番末っ子ですからね。甘えん坊でしょ。だから、だいぶ、ちょっと、こたえたんですけれど、もう、やっぱなれますね。夏休みなんかも、ちょっと帰ってきたけど、合宿だなんとか言って、すぐに帰っていったんですよね。

――今は上のお子さんと二人で。

平田　二人でいるんですけど、もうあといっときですね。大学四年だから。

――お子さんたちは、どんな育て方されています？

平田　育て方。そうだねえ。私がね、下の二人にちょっと、物足りないのは、原爆問題についても、もっと積極的になってほしいということかな。小さいときから私の傷をみて育ってるんですよね。そしてお母さんどうしたのっていいながら、育ってきたんだから、原爆なんかに対してものすごい憤りなんかもってはいるんですけど、しょっちゅう見慣れているせいかしらね、新鮮味がなかとね、気持ちにね。みなさんみたいに初めて聞かれたりすれば、何か「あー」って気付くところがあると思うんだけど、もう小さいときから、その中で育って原爆原爆ってしょっちゅう言って、平和行進だ、大会だっていって、お母さんがしゃべることはしょっちゅう聞いとられんていうような感じで育ってきてるでしょ。その平和大会、その原水禁の大会なんかにも、自分も行こうって小さいときはついてきてたんですけどね。今はもう、こないですね。自分がしたいことばっかりして。そこがちょっと物足りないような、それでいいんだって思うような、そんな今日この頃ですね。

——学部は何だったんですか。

平田 あの、経済なんですよね。

——お二人とも。

平田 弟のほうはね、教育学部の社会科です。

——学校の先生になりたいということで。

平田 そうじゃなかと、マスコミ。兄の方はね、これ、もう、旅行してまわるのが好きなんですね、もう、どこでもね、旅行して回りたい。仕事もそんなの選びたいっていう、兄の方は。

母の心、子知らず

姉が中学卒業後に上京して看護学校へ行き、看護師として働きながら家計を助けたことは前に書いた。私や弟にもしたいことをしなさいと言ってはいたが、結局私は母を一人残して家を出てしまった。今となっては悔やんでも悔やみきれない。

それから、原爆のことは語らずとも小さい頃から自分の腕を見、自分の活動を側で見ていたのだから、分かっているはずと母は思っていて、それにしては私などがそういった活動をしてくれないことを不満に思っていたことにはじめて思いが至った。

インタビューにはさらに、原爆後の母の思いが記録されている。

まさか私がこの録音を聞くとは母には思いもよらなかっただろうが、たくさんのメッセージを母からもらえて、これらを送っていただいた濱谷先生には感謝している。

母と姉ゆみ

平田　原爆から強くなったのかな

——強さみたいなのは、何か、やっぱり女学校時代からですか。

平田　いや、やっぱり原爆からみたいですね。ものすごく甘えてて、割りに大事に育てられたんですね。小さい時から、あんまり体も丈夫でなかったし、ちょっとのんびりしてるところが、あるんでね。原爆から強くなったのかなって自分でも時々思うんですけどね。

——何か、こう性格的なものが変ったなっていう。

平田　変ったみたいですね。やっぱり何か。

——そこで生き残ったんだからっていう。

平田　うーん。生き残ったというか、なんか意地みたいななんかが。あんまり自分ではよくないなと思うんですけどね、あんまりよくない、やっぱり意地をはってるみたいな、そんなところありますね。

——何に対して意地をはってるんですか。

平田　なんかね。すべて、なんにでもこう構えているようなところがあるんですよね。

——最初、火傷のひどい時はどんな気持ちで。

平田　その時はどうもなかったんですよね。

——死ぬんじゃないかっていうようなそういうことは。

平田　そんなことも全然なかった。ずっと生活していく中で、こう、なんかもう自分のいろんなことがすべて原爆のところから、もう、変わってきたような感じがするわけですね。

――あの時期っていうか、十六歳。

平田　十五、十六歳ね。

――もうちょっと小さかったら、もっと違ってたかもしれないっていう。

平田　うーん、また違うでしょうね。

――さっきの、あの学校卒業後の……。

平田　もう試験うける気がしなかった。

――それを聞くとひょっとして、原爆うけて何か生きる意味っていうか張り合いっていうか、目標っていうか、なんかそんなのをこう失ってしまわれたっていうような、そういうのがなんかあったのかなあ、と思ったりもしたんですが、そういうことはなかったんですか。

平田　そうじゃないみたいね。今思えば行った方がよかったんじゃないかなっていう気もするんですね。もう父は別に住んでるでしょ。あの頃食料事情も悪かったしですね。おばあちゃんのところにずっとひとり居候みたいにいたんですけど、やっぱり不便なことも多かったし、早くお父さんのとこに帰った方がよかったような感じもあり、もう面倒くさいっていうことで。

――女学校、まあ戦時中だったですけど、女学校出たら何かこんなことをしたいとか思ってらしたんですか。

平田 まだそこまでなかったんですね。で、工場の行き帰りなんかに友だちなんかとよくみんなで話して、専攻科に行こうっていうような感じだったですね。で、何になろうっていう、そういう、戦時中だったからかもしれませんけど、そういう先の望みっていうようなものがあんまりなかったですね。ただ、そのちょっと先ぐらいのことしか考えられなかった。

――専攻科っていうのは、どういうことを、教えてくれるとこなんですか。戦争なんていうことがなければ。普通の状態だったら。

平田 家政科とか被服科とかいうのがあったんですよね、その専攻科というところにね。で、戦後は英文科もできたんですけどね。あの一応やっぱり、いい奥さんになるというのが目標じゃないかな、と今思うけどね。

――うちの母は、女学校専攻科出てそのあと。

平田 教員の資格もあったね。うん、あるんですよ、女専。あとから名前がかわったら女専っていうところになったから。

――女子専門学校。

平田 専門学校ですね。三年間あんなのに行きたいなってみんなよく工場の行き帰りなんかね、話してました。ほとんど死んだんですよね、そんな友だちみんな。

母にも別の人生が……

戦争さえなかったら、原子爆弾でやられなかったら、母にはもっと別の人生が待っていたはずである。

母から聞いた話でよく覚えているのは、母の母方の祖母がもともと長崎県五島のお姫様だったとのこと。それで、自分も大切に育てられていわゆるお嬢さん育ちだったようだ。当時の修学旅行は上海までだったらしいが、そのおばあさんが一時も離したくなく、修学旅行にもいけなかったと。

それが原爆で母親、弟妹を失い、自分は瀕死の重傷を負い、父親はその看病のため職場を解雇され、戦後は寂しくて悲しいどん底の生活を強いられた。思い描いていた将来の夢まで失ってしまった。

平田　私はね、あんまり被爆者っていう意識がないんですね。なんていうかな、そんな人目をさけて生活したこともないし、原爆後一、二年はね、ここ、包帯まいてたんですね、こうこの辺ずっと。そのあとで、隠そうとしたこともないし。

――前ってのは、時によっては隠したいっていう気持ちがあったんですか。

平田　隠したいんじゃなかったんですけど。どうかなってたんですね。きっとね。学校行ってる時巻いてたみたいでしたね。隠すっていうよりは、なんで、巻いてたのかな。よくわからない。私、被爆者って言われるのは、あんまり好きじゃないんです。

――言われるのが?

平田　言われるのが好きじゃない。こう、被爆者で特別扱いされるのが、いやなんですね。

――それはですね。なんていうか、被爆者であることから逃げたいとかそういうことじゃないんでしょ。

平田　逃げたくないんですけどね。特別に被爆者っていわれたくないんですね。特別にみられたくないっていう感じですね。

――同情的な目とか、そういうものに対してもってことですか。

平田　なんかそんなところがあるんですよ。だから、子どもたちも、被爆二世、被爆二世って枠にはめられたようなことをあんまりされたくないなって気持あるんですよね。

――今年から始まった二世の健康診断なんかは？

平田　受けはしますけどね。その、そういう被爆二世として、やっぱり健康には注意せんといかんという気持はあるけど、もう、あれは被爆二世だというように、はじめから、足かせをはめたようなことで一生過ごしてもらいたくないという気持ちがあるんですよね。矛盾してるって自分では思うときもあるんですけどね。その、何て言ったらいいのか、自分に一生被爆者っていう枠をはめられたことに対して、憤りがあるわけ。「もう、いい！」って言いたくなるような反発みたいなものが。

被爆者とよばれたくない

――それは、原爆を落とした社会にっていうか、国にというか戦争をおこしたことにっていうか。

平田　うん、うん。すべてにですね。特別なもの、人と違う、こう、一種違うことにね。

――被爆者として、たとえば大会に出て、そこで代表で挨拶されるとかっていう時の、被爆者として訴えるっていうことについては抵抗ないですか。

平田　被爆者代表として。その被爆者というのが、なんかもういやなんですよね。なしてかしら。自分でもよくわからないんですよ。特別に、なんで被爆者って言われんばいかんとっていうこと、はがゆかったですよね。なんも悪いことしとらんとに……。自分でもよくわからないんですけどね。自分で時々こう考えることあるんですけど。

――そっとしといてくれっていうとは違うんでしょ。

平田 いや、そっとしといてくれっていうのとは、また違うんですね。

――被爆しても平田さん自身の本来の生き方っていうか、そういうものは変らないんだっていう。

平田 うーん。

――被爆したってことが。

平田 そうねー。

――被爆さえしなかったらっていう。

平田 それはありますよね。それは被爆してなくても、幸せだったとは言えないですよね。それは、一生いろんなことがあるんだから。でも、今よりはましだったって思うんですね。原爆が落ちてなかったら、家族は全部バラバラ、もういなくなってしまうなんてことは、ちょっと、あり得ないですもんね。

私は祖父からは当時の話を聞くことはなかったが、母からも直接詳しく聞いたことはなかった。

自分は、何も悪いことをしたわけでもないのに被爆者と呼ばれることを嫌い、生まれた時から被爆二世と言われる子どもたちのことを案じ、あえて話さなかったのではないだろうか。

――じゃあ、お子さんが、今、早稲田に行ってらして、また長崎大のお子さんが、まあ、もし東京っていうか、離れて就職なさったりしたら、お一人になっちゃいますね。そうなったら、張り合いっていうか。

平田 うん、勤めがあるから、まあ、大丈夫だろうとは思いますよね。家にじーとしておったら、ちょっと寂しいですかね。でも失対（筆者注・戦後あまりにも失業者が多くその人々を救うために緊急の失業対策事業が施行され道路工事や公園の掃除、草とりなどの作業を行った人たちのこと）の仲間も一人暮らしが多いし、私も大丈夫ですよ。

――お子さんがお嫁さんを連れてきて、同居するっていうことは？

平田 いや、一緒には住まないでしょう。一緒には住みきらんやろうね。

――老後っていうほどじゃないかもしれませんが、これからのことはお考えですか。

平田 老後にもう、入るかもしれない。

――そういう面での、不安感という点でどうですか。

平田　不安感は、あんまり持ってないんですよ。なんとかなるだろうって思ってるんですけどね。体が続きさえすれば、一人では食べてゆけるからって思ってるんですよね。だんだん老後のこと考える年になったんですよね。一人になったら、なんか自分が、いままで、したくても、できなかったことをしようかなと思ったり。

――なんかしようかなと思ってることって何ですか。

平田　思ってることがあるんですけど、それは、ちょっと秘密なんですよ。ほんと、小さいときからの、ちょっとした夢があるんですよね、夢が。子どもにもあんまり言わないんですよ。夢っていうのは、もうできないかもしれないから、できなかったとき笑われるから。

――趣味的なことではないんですか。

平田　まあ、趣味的なことといえば趣味的なことかもしれません。子どもが小さい間は、早く大きくなって、手がはなれたらいいだろうなとも思ってるけど、だんだん、その時期が近くなれば、ちょっと、やっぱり抜けたような感じになりますね。高校くらいのときにお弁当作ったりなんだりしてるときはね、忙しかったけど、なんか今考えれば、あの頃の方がよかったかなと思ったりね。大学になったら、もう何をしてるかわからないでしょ。家を出たら、出たままやもんね。

――うちのお袋見てても、子どもがいなくなっちゃってから、その娘時代にやってたお琴だとかね。

平田　うーん。なんか、お琴じゃないけど、そげん感じね。

――手芸みたいなものとか、なんか一生懸命やって、かえっていきいきしてる。

平田　そんな感じですよね。私もしようと思ってるのは。楽しみに、ひとつしてることはね。もう全然、いままでされなかったことで、したいなあと思ってるんですけどね。

果たせなかった母の夢

言葉を濁してはいるが、母がしたかったこととは何だったのだろうか。

そう言えば、母は「いつかグリーンランドへ行ってみたい」とよく話していたのを思い出した。たぶん旅行が好きだったのだろう。生活が楽ではなかったのであちこち行くことはなかったが、子どもの頃よく母と地図を広げて旅行に行った気分になったものだ。グリーンランドがデンマーク領だということは母から教わったと思う。そのおかげで私は地図を読むのが好きで、学生の頃はアルバイトをしてはよく一人で旅に出ていた。

私が郡山に住んでいるときに、一人暮らしをしていた母が私の様子を見に来たので、福島県の会津地方に一緒に行った時は、実に楽しそうだった。グリーンランドとはいかないが、もっとあちこち連れて行ってあげれば良かったと思っている。

――最近当時のことを思い出すことが多くなったって言われたのですが、今でも、はっきり覚えてらっしゃる当時の光景っていうのは、どんなものなのですか。

平田 うーん。私、勝山小学校のすぐそばの当時紺屋町っていったんですけどね、強制疎開になったんですよね。その後、城山のほうに引っ越したんですけど。あの紺屋町の家は、街の真ん中だったから、土が、あんまりなかったんですね。庭も、セメントで固めたような庭だったから、何も植えたりできなかったんです。で、城山のほうに引っ越したら、土があるんですよね。庭があって。カボチャとかキュウリとか、いろんなもの植えたんですよ。生まれて初めての野菜作りですけど、実がよくなるんですよね。初めてカボチャがなったのを見たり、キュウリがなったのを見たりしたわけです。その頃は夜になると毎晩空襲警報が鳴って、防空壕に入るのですけど、空襲警報が鳴れば、父は職場の方に行って、母は小さい子がいるから、防空壕に入ってよかったんですよね。それが十五歳以上になったら、家を守るために防空壕に入らずに家に残るってことになったのです。だから、空襲警報の鳴り響く真っ暗闇のなかで、一人でいつも縁側に座っていたんですよね。敵機が山の端をかすめるように通っていくんですよ。そんなときに、暗い中、ホタルが飛んでたんです。で、なんか、戦争っていうのがうそみたいな感じがしましたね。こんなに平和なのに、敵機が飛んできたり、空襲があるのかなって。敵機があの山の方に飛んできて、みんなは防空壕に入ってて、敵機来襲ってどこかで叫んでいる人がいて……そんな光景が今思えば、なんか夢のような話だと思ったりしてね。それよく出てくるんですよ。

――それ、夢の中のことですか？

平田 夢じゃないんですよ。現実にそんな風景よくでてくる、よく思い出すんです。そんなことだから、その八月九日の朝のがね、どんな朝だったか全然思い出せないって今でも思うんですよね。それはきっと、いつもとかわりない朝だったんだろうねって、思うんですね。何も特別にかわりなかった朝だったんだろうねって。で、原爆さえ落ちなかったら、次の日も次の日もまた、続いとった、そんな朝やったんだろうねって、そんなことを思うんですよ。そして、そのことがあって、今度は、自分の現実の今の朝を、どげん朝かよう頭に刻みこんどかんば、またあんなことがあったら、すぐ、どんな朝だったか、また思い出せないんじゃないかねって思ったりすることもあるんですね。自分でも、なんかおかしかねって思ったりするんですけど。

――亡くなったお母さんとか、弟さんとか妹さんのことを思い出すことはありますか。

平田 うーん、もう、あんまりないですね。かなり昔になったものだからね。お母さんといっても、私よりはるかに若いお母さんでしょ。母が亡くなったのは三十五、六歳だったんですよね。まあ、今では妹みたいな年だから。弟は三つ違いだったけど、ああ弟でも生きてくれていたらなあと思ったり、そんなことを考えますね

――いろいろと起きた悲惨な状況を今でも覚えてますか。

平田 悲惨なことよりも、なんか楽しかったことの方がよく覚えていますね。NHKの放送局で、写真展があったんですね。米軍から返されたという写真が展示されて、見に行ったんですよ。そしたら、自分がいた工場があったんですよね。壊れてなくなった工場なので懐かしくて、これ一枚、欲しいなあ、と思ったんですよね。

――欲しいっていうのはどういう意味ですか。

平田 いや、一枚もっていたら、なんか時々出してみて、ここからよく出てきたな、と思うだろうなと。

――自分のこう、原点になるようなこと。

平田 うーん。毎日自分が出入りした場所だけど、もう二度とそこ行くことはないんですよね、その工場にはね。その写真が、自分のいたところの。

（一橋大学濱谷ゼミ・インタビュー抜粋）一九八〇年八月十一日のインタビュー

被爆者体験を語ろうと決心

次に掲載するのは、一橋大学濱谷ゼミが収録した一九八三年のインタビューである。前掲の一九八〇年の録音と重複する部分はあるが、言葉や気持ちに揺らぎを私は感じたので敢えて収録することにした。

平田　あのね、あの頃はね、まだ、あんまり、全然って言っていい程、誰も話してなかった。被爆者がね、まだ語ってないし。周りもとりあげてないしね。平和大会で話したのが一番初めじゃないかな。平和大会っていう名前がつくようなものはそれまでなかったしね。そして、今日もちょっと話は出てたけど、平和っていったら、アカだって言われてた時代でしょ。そしてあの、なんかあんまり平和、平和って言ったら、平和気違いって周りの人から言われたりしてね。そしてウィーンで、諸国民平和大会が開かれるっていうので、被爆者として行くことになってね。外務省に旅券の交渉に行ったけど、政治的なものがあるということで、旅券が出なかったのね。その後何年間かは出なかったものね。

――そういう時っていうのは、長崎の中でもやっぱり平和気違い、って言われちゃう？

平田　うん、まだ、まだ全然そんな時代でしたね。世界大会が始まったのはその後だもんね。「原爆青年乙女の会」っていうのができたのも、その後のことだものね。

平田　原爆についてみんなあんまり深くは考えてないですよね。で、私の父は戦前の教育受けているけど、本なんかも読んでいるしね、戦争には反対っていう意見を持っていましたから。

――割とはっきりと？

平田　うーん、はっきりは口では言えないでしょうけどね。私が、工場に動員されていて、体がきついのに無理して出て行ったらね、きついのなら休みなさいっていう訳よね。でも、私はそんなに休んだりしたら非国民って言われるって言って、きついのを我慢して、毎日毎日出て行っていた訳でしょ。父が言うには、そんなふうにして、おまえだけが出て行っても、その、兵器を作ってね、儲かっているのは三菱なのだから、っていう風なことという訳ね。それには私は、お国のためなのだからと言って反発していましたよ。

――でも、そういうのがやっぱり、変わっちゃう訳でしょ。

平田 それはやっぱり、自分の命をかけても戦争に反対している人たちがいたっていうことです、かしらね。牢獄にぶちこまれてでもね。私の場合は割りに単純なことでね、そんな深くは考えてないのね。だから、戦争っていうのは、間違いだったっていうほど、深い考えを持っている訳ではなかったし、勉強した訳じゃないから。戦争を体験してそうなったわけね。

――あの、その、戦争は間違いだったって感じるのは、日本が負けて世間の風潮が、戦争は間違いだったっていう風になったから、そう、考えるようになったのか、それとも、自分の受けた体験で、もう、こんなひどい目に遭わされるんだったら、戦争は間違いだっていうようなことなのか、どちらでしょう。

平田 体験かしらねえ。自分の体験ですね。二十年に被爆して、その時四年だから、二十一年三月に四年で卒業して、それから、補習科に一年間行ったから、二十二年に卒業してすぐに就職したんだもんね（早いですね）。そして、その次の年の二十三年に結婚した。

――その、自分の受けた体験の中でね、もうこれは絶対に許せないんだっていうのは、なんでしょう。全部そうかもしれないけど。

平田 許せないっていうと、原爆だけさ。

――原爆だけ？

平田 うん。そこからすべての出発点だからね。

――全部、自分の考えって言うのはそこから出発してる。

平田 うん、原爆で、本当に今までの幸せな家庭が破壊されて、そこからなんでも変わったみたいね、私。性格から、みんな。

――性格も？

平田 うん。割におっとりしていたのね、私。性格は。

――女学校の頃はですか？

平田 なんて言うかな、わりに大事に育てられた訳ね。小さい時から。甘やかされてね。それで、いきなり、その原爆で放りだされた訳でしょう。お母さんも亡くなっちゃう、きょうだいも亡くなっちゃう。自分はもう、焼け爛れてさ。そしてもう……みんながさ、私のことを片輪になってとかなんとか言うでしょ。こっちもまだ十五歳ぐらいだったからね。なんかこう……みんなが意地悪くなったというような気持ちになって、悪いけどさ。

――あの、確か山口仙二（筆者注・長崎の被爆者）さんが言われたんだと思うけど、みんな日本国中の人がみな原爆受けちゃえばいいんだって。

平田 そんな思う時はあったよね。皆、そんなになったらいいってねえ。なんか、ほら、みんなこう、私のことをジロって見るでしょう。そして何度も見返すんですよ。もう、その頃ね、私もキーって睨み付けてやった。

――それはいつ頃から。

平田 ちょっとの間だけどね。

――ちょっとの間だけ。

平田 うん。まだまだ学校行ってたでしょう。お友達も随分、死んだんだよね、五十人くらいはね。そして、お友達なんかとは、割にね、今までどおりに楽しく遊んだり付き合ったりしていたけど。友達は皆、知っているからね。

――じゃあ、他所から転校してきた人とか？

平田 学校の中ではそういう事は無い。

――あ、そういうことはない。学校に通っている間に道すがらとか。

平田 うん、電車に乗ってれば人が見るとかね、大人の人ねえ。

――そこにいた人も多分被爆してたんでしょうにねえ。

平田 うん、してるんだろうけど、かわいそうにと思うんじゃない？それがいやーなのよね。ここ包帯巻いていたのよ、ずっと何年間かは。家の中ではとってるけどね。外に出るときは慌てて包帯ぐるぐるぐるぐるって巻いたりね。夏でも、二年くらいは長袖ばかり着て、半袖着なかったもんねえ。

――その、じっと睨み返してやるっていうような。

平田 睨み返すっていうか、こう、あんまり人の前でいろんな事言うという感じじゃなかったのよ、私自身はね。

――あ、そうなんですか……、でも、言うようになった？

平田 言わなくちゃいけなくなった。

――あ、平和のこととかね。

平田 うん……、だから、私のお友達なんかは、変わったって言うてたね。学校時代の友達はね。なんか、ふわふわってしたような、そう言う感じでね。なんか、ロマンチックな、夢見るようなそんな子でね。なんて言うか、苦しみもないし、幸せに育ってきた一人の女の子がさ、原爆でなんかこう、悪く言えば、ぎーってなったていうようなことかしら。

——話ちょっとそれちゃいますけど、この前の調査の時に、夢があるっておっしゃったでしょう。将来、やってみたいことがあるって。

平田 ええ、やってみたいことがある。

——そのことじゃないんですか？

平田 違うの、違うのよ。

——違うんですか？

平田 うん、違うの。できないのよ、もう。皆が出て一人になったのよね。もう、三年目かな。でもできないのよ。時間がないし。

——私はね、ここに来る前にね、この前のインタビューを読み返してみてね、あ、もしかしたら、お父さんも俳句つくっていらしたんだし、なんか、こう、自分の記録を残すっていうことじゃないのかなあって思って。

平田 それはもう、あんまり気張らなくても、自分だけにわかる記録やろうけん、そう考えるけどさ、まだ他にあっとさね。

——もっと、文芸作品をお書きになるとかですか？。

平田 文芸作品じゃないよ。自分のことしか書くことないものね。

——俳句とか、詩をつくる。

平田　そうじゃなか。

――そういうんじゃないのですね。なんだろうな。

平田　一人になったら、できそうな気がしたんだけどね。なんか、落ち着かないと。

――落ち着かないですか？

平田　うん。時間はね、あるとよね。でも、精神的になんか。落ち着かないんですよね。

――組合の仕事がかえって忙しくなられたとか。

平田　時間は作ろうと思えばあるんだけどね……。一番下のがね、今年卒業したのね。東京に行ったのがね。うん。それはもう前から家を出てたけど、長男の方が長崎大学だったから、三年前に卒業してね、あれが出て行ってから一人になったでしょう。だからみんな、好きなことできていいねと思っているけど、まだ何にも手につかんの。子どもの世話で忙しい時が良かったなって、今となっては思うね。子どもが二人とも中学高校時代位がもう喧嘩しながらワーワー言ってたときが良かったなあって。

――一人で、寂しくないですか？

平田　仕事をしてるし、夜も割合、出かけることが多いからね。

――組合の仕事とか。

平田　あのね、去年一年なんか被災協（筆者注・長崎原爆被災者協議会）の仕事とかも多かったとよ、割りにね。

――長崎大に行ってた方はどちらに就職したんですか？

平田 今ね、郡山にいるよ。仙台に二年間いてね、転勤で今度は郡山に異動した。

――何をしてらっしゃる？

平田 あのね、測量かな。あと、航空写真を撮ったり、ヘリコプターなんかがいる会社さね、営業の仕事。

――じゃあ、全国を転々とする訳ですか？これから先。

平田 そうやろね。

――わー、大変なお仕事ですね。夏休みなんかで帰って、来られるんですか？

平田 夏はね、交通費だけで十万円位かかるんだもんねえ。去年はねえ、水害だったでしょう。だから慌てて連絡してきたんだけど、私に電話かけても私が居ないからどっかでもう……と心配したらしいんですよ。私、大会前頃だったからねえ、出かけていたのよ。で、慌てて飛んで来とると。ふふふ……怒られた。ちゃんと居場所はっきりしとかないけんって、代表してあの子が一人来たとさね。

――で、そろそろ結婚の方は。

平田 そうだねえ、弟の方がね、ガールフレンドがいるっていうね。中学、高校の時からの付き合いだからもうね。

――じゃあ、一緒に東京に出てるわけ？

平田　今東京にね。

――そっちの方はなんとか、まとまりそうですか？

平田　う～ん、でもねぇ、まだわかんない。やっぱりねぇ。

――弟さんも東京で勤めてるんですか。

平田　う～ん……、広告代理店。

――忙しいんですよねぇ、そういう所ってねぇ。

平田　結婚の話ねえ、相手の、お父さんとかお母さんがさあ、何て言ったらいいのかな。長崎の方よね。でも、被爆者じゃないみたいで。

――あ、そうなんだ……。

平田　やっぱり、うまくいくかなあって思う。娘の時は全然心配しなかったけど、向こうも、理解はあるからねえ。孫が二人いるんだよね。四年生と、下の子と。下の五つの子の方かな、男の子だけど、この前電話かけたらね、聞いてきたのよね。「おばあちゃんのお母さんや、そして弟や妹は原爆で死んだの」って言ったのよね、向こうがね。今までそんなこと話したこと無いのよね、全然。それがね、なんか声がね、深刻な声だったのね。私は「そうよ、どうして―」っていって聞いたのね。で、娘に、どうして急にそんなに言い出したのって聞いたらね、隣にお舅さんが住んでらっしゃるのね。隣に最近遊びにいっていたからね、向こうのおじいちゃんが知ってたから、話したんじゃないとか言って。

――ふーん。

平田 なんか、「かわいそうねえ」って言うのね。そして、「僕、戦争嫌い」とか言ってね……、やっぱり話せば、分かるのかなあって。私も話したこと無いのよね、全然。その子の上のお姉ちゃんにも全然話してなかったんだけど。

――どっかで、教わってる。

平田 お隣のその、お舅さんがさ、おじいちゃんが話して、聞いて来てるとね、そして、タイミングよく電話をかけたもんだからさ……普段はそんな深刻な声出さないんだけどねえ。びっくりした。そのうちに話さんといかんねと思ってはいたけど、娘も話してなかったらしいけどね。

一九八三年八月八日のインタビュー

このインタビューからちょうど2カ月後に祖父が亡くなった。そして二年後に母も逝ってしまった。

母が亡くなった時には二人の孫がいた。後に私と弟にも二人ずつの子どもが生まれた。孫たちの成長を楽しむ老後が待っていたはずなのに、それは叶わなかった。孫たちに囲まれて楽しそうに話している母の姿を見たかった。

原爆のケロイドをもつ母を母とし、あまえたし
うでのケロイドも二十年ことしの夏となる

オーストラリア在住の初孫

未来の家族のために

私には娘が二人いる。上の娘は三年前にオーストラリアに住む外国人と結婚し、二歳になる孫がいる。そして本書が出版されるこの秋には二人目の孫も生まれる予定だ。

オーストラリアでも『ナガサキ』を知っている人は多いという。それは原爆が落とされた都市という認識であり、『ナガサキ』に人間は住めるのかと聞く人もいると言う。しかし、果たして原爆が絶対悪で保持も使用もしてはならないと思っている人たちが世界中にどれほどいるのだろうか。

日本は戦後七十年、とりあえず平和を保っているように見えるが、果たして人類は二度と過ちを起こさない世界を作っただろうか。

世界に目を向けると、各地で紛争やテロが起こり、多くの人の命が危険にさらされている。現に娘たちが住むオーストラリアでもテロ騒ぎが起こった。そして核兵器の脅威はますます強くなり、私の世界平和を祈る気持ちは日に日に増していくのである。

世界中から核兵器がなくなるのを見届けるまで訴え続けるのは、原爆体験者を家族に持つ私たちの義務だと思う。

過去のことが現在になり再び未来を脅かしてはならない。

次に掲げるのは、私の長女の結が中学二年生の時に書いた作文である。二〇〇〇年の全国中学生人権作文コンテスト長崎県大会で優秀賞をいただいたことにより、地元の新聞に掲載され、「証言―広島・ナガサキの声2001」(第15集)にも収録された。さらに、国立長崎原爆死没者追悼平和祈念館には、祖父や母の手記と共に外国語に翻訳され収蔵されている。

私の弟淳の作文は一九七三年に書かれたものである。今から四十二年前と十五年前の中学生の思いが綴られているが、現在の状況と変わったところがあるだろうか。平和を願う人々に社会はどれだけ応えてくれているだろうか。

私の娘 長女結と次女采

平和を守らなければ……　―母の原爆体験記を読んで―

平田　淳（長崎市緑ケ丘中学校二年）

母の手記を読んで、僕はいろんなことを思った。

まず最初に感じたことは、原爆とは僕が以前考えていたよりももっと恐ろしいものだった、ということだ。

僕は以前はいくら原爆でも鉄なんかはどうもなってないだろうと思っていたのに、窓枠の鉄骨があめのように曲がっていたということだ。原爆は鉄でも、めちゃくちゃにするような威力を持っていると思うと、読んでいるうちに恐くなった。

母たちは、女学校の時から「お国のために」ということで、あまり自由なこともできずに働かされていた。いくらお国のためでも、自分の好きなことをしたい人もいるだろう。僕だったら逃げ出したかもしれない。疲れていたのによくがんばったな、と思った。

そして原爆が落とされた。母は暗やみの中で、何かにずっしりと押しつぶされて身動きできずにいた。みんなどうしているかもわからない。僕だったらそんな場合、泣きだしていたかもしれない。そのうえ、何かが燃えてきたとなると、僕はどんな行動をとったかわからない。

さいわい母は、少しのすき間を見つけて、這い出せたからよかったものの、ものすごくあわてていたら、少しのすきまなんか見つけられなかっただろうと思う。

母は、二、三人の人と一緒になって下へおりた。そして、倒れた工場の下にいる人たちを何とかしたいと思っても、二、三人の手では何もできない。苦しんでいる人たちを前にしながら、何もできないということは、非常に悔しかっただろうと思う。僕がそこにいたとしたら、やはりどうにかして助けようとして、悔しかったことと思う。

母は工場から出る時に、指の先にぶらさがっている腕の皮に気づき、それを力まかせにひきちぎって捨てた。その時、どんなに痛かっただろう、と思った。僕ならば、そんな場合、とても痛そうでそんな勇気は出なかったと思う。

それから、母たちが西山の方へ行く時に見た、真黒になって落ちている鳥、横だおしになった黒こげの馬などは、原爆の威力のものすごさを物語っているのじゃないか、と思う。

母たちは、小高い山の陰に建っていて何ともないだろうと思っていた母校に着いた。しかし、窓ガラスはみじんにこわれ、窓枠の鉄骨はあめのように曲がっていた。これもやはり原爆のすごさを物語っているのだと思う。

母は、たちばな寮に移り、横になって空を見ていた。母はこの時、無性に心細くなって家に帰りたくなった。きっと、母はものすごく寂しかっただろうと思う。

僕の祖父（松尾敦之）が、城山にたどりつき壕へ入ると、母の弟の海人が寝ていた。中学生の海人が原爆を受けたとは、かわいそうだな、と思った。それに比べると、今の中学生は恵まれすぎていると思う。

祖父は翌朝、祖母と宏人と由紀子を見つけた。しかし、四つになる宏人、生まれてわずか七カ月しかたたない由紀子は、死んでいた。

キャラメルやチョコレートの味もしらずに死んでいった宏人や、ことばも知らない由紀子をものすごくかわいそうだと思う。

祖父は、海人のために水をくみに出た。しかし、普通の井戸には、死体がいっぱいつまってくめないので、わざわざ遠くへ行って田んぼの水をくんできた。親が子に対する愛とは、こんなにいいものかと思った。

しかし、海人は笑ったような顔をして、息が切れていた。その時の祖父を僕はかわいそうに思った。祖父は、死んだ自分の子どもたちを、自分の手で焼いた。その時の祖父の気持ちはどんなだったかと思うと、僕には祖父がかわいそうに思えてくる。

祖父は祖母をリヤカーに乗せ、祖母の実家へたどりついた。しかし、翌日になって、祖母は三十五年間の短い生涯を閉じた。

祖父は、祖母を焼いた。祖父は、つぎつぎに、子どもたちや祖母に死なれ、それを自分の手で焼くのだから、非常に悲しかっただろう。

母は、植皮手術をうけ、生活に不自由しなくなった。

しかし、今、仕事から帰ってくると、「きつか、きつか」と言いながら、食事の支度をしている。そして御飯がすむと、すぐに横になって眠ってしまう。そういう母の姿を見ていると、どうしても、あのような悲惨なことをくり返してはならない。平和を守らなければならない、と思えてくるのだ。

一九七三年春

（「長崎の証言」（第5集）一九七三年七月十五日発行　長崎の証言刊行委員会より転載）

祖母からのメッセージ

平田 結（長与町立長与中学校二年）

「あの日以来、生活も性格も変わりました」

ビデオの中で私の祖母がこう語っています。祖母は今から五十五年前、十五歳の時、学徒動員されていた茂里町の工場で被爆しました。また、城山にあった家はこわれ、中学一年と四歳の弟、生後七カ月の妹、そして母親も亡くしました。自分の皮膚の移植手術を受けるほどの火傷を首と両腕におってしまったけれど、強く生き続けた祖母は、その後、十数年間、語り部として修学旅行の生徒に原爆の恐ろしさを語り続けました。そして、十五年前五十五歳で亡くなりました。

今まで私は、何度となく戦争の映画や体験談を見たり聞いたりしてきましたが、いつも「こわい」という思いだけで、耳をふさいだり目をつぶったりしてきました。しかし、去年、父が

「こわがっているばかりじゃだめだ。しっかり聞いて、今から戦争をしないように伝えていくことが大切だ。」

と言って一本のビデオを見せてくれました。それが、祖母の被爆体験のビデオでした。その時、私は初めて話をしている祖母を見、祖母の声を聞きました。

「ホッペの所が結と似ているね」と母に言われ、

「そうかなあ」と嬉しくなりました。それから私は、祖母や祖母のお父さんが書いた体験談をたくさん読みました。そこには、火傷ではがれた自分の皮膚をひきちぎったということ、火傷の痕がくさり、何度も生死の境をさまよって、やっと生き延びたこと。それでも、首から腕にケロイドは残り、赤血球の数が普通の人の半分しかなく、ずっと病院に行っていた祖母のこと。また、自分の妻や子どもたちを自分の手で焼いてとむらった曾祖父のことなど、本当にこわい「地獄絵」のような事実が書かれていました。しかし、私は（おばあちゃんやひいおじいちゃんに出会えた）という気持ちが強く、（おばあちゃんは、私と同じ年頃に必死で生きていたんだなあ）と考えながら一生懸命に読みました。

「〝可哀そう〟と言われるのがいやで、なにくそという気持ちでにらみ返していた」

祖母はこういうことも語っています。また、

「誰かが、きれいな手と取りかえてあげると言っても、私はそんなものはいらない。一緒に生きてきた手だから」

とも……。今の私が祖母と同じ状況だったらたぶん自分のことだけ考えて、

「どうして私がこんなめに会うんだろう」

「今までの生活、今までの私を返して」

こう思うでしょう。でも祖母は、誰をうらむでもなく、自分が置かれた現実を見つめ、過去を振り返

らず、これからどうしなければいけないのか、未来を見て生き続けたのだと思いました。私は祖母を可哀そうと思ったり、同情したりすることはやめようと思いました。前向きに生きた祖母をほこらしく思います。

今回、祖母のことを書こうと思ったのは、本やビデオから、五十五年前の事実を伝えて欲しいと言う『祖母からのメッセージ』を感じたからです。

「ゆいちゃん、あなたと同じ年頃の子どもたちが、いえ、もっともっと小さい子どもたちが、何が起きたのか、どうして自分たちが死ななければならないのか理由もわからず命をおとしてしまったのよ」と。

私は祖母が、がんばって生きてくれたからここにいられるのです。これから私に、私たち若者にできることは、生きたくても生きられなかった人たちの分までがんばって生きることです。

最近、自分勝手な考えで人を殺したり、自殺したり、またむやみに人をいじめたりするという話をよく耳にします。今の世の中は「平和」であるはずだと私は思います。けれども絶え間なく報道される「事件」の数々。私たちはこの「平和」な状態に甘え過ぎているのではないでしょうか。「平和」を願い生き続けた祖母たちのことを考えると、戦争があったことや、苦しんだ人たちがいたことを忘れそうになっている今の世の中にむしょうに腹が立ってきます。

今、私たちがやらなければならないことは、二度と悲劇を起こさないように、ずっとずっと祖母たちの願いを語りついでいくこと、それが、苦しい状況の中で生きぬき、父へ、そして私へと命をつないでくれた祖母に対する唯一の恩返しだと思うのです。

二〇〇〇年夏

（「証言―ヒロシマ・ナガサキの声 ２００１」（第15集） 長崎の証言の会より転載）

祖父の遺志に応えたい

二〇一五年五月十六日土曜日午後一時、長崎原爆資料館にある平和学習室の最前列に私は座っている。

定刻になり、中村明俊長崎原爆資料館長の挨拶で式が始まり、祖父松尾あつゆきの日記や遺稿、罹災証明書などを館長の手に委ねた。

芥川賞作家でもある館長は、祖父の遺した資料については歴史的価値のみならず文学的価値が大変高いことを以前から評価してくださっている。彼のもとでなら、これらの資料は大切に保存され、また有効に活用されると信じて、同館へ預けることにしたのだ。資料館による分析が終われば徐々にこれらの資料は公開されるようになるだろう。特に祖父がその当時にその時の気持ちで綴った日記の原本を広く読んでもらいたいと思う。淡々と綴

られてはいるが、終戦の日に天皇の玉音放送を聞きながら妻を火葬している場面など、文字の揺らぎを実際に見てもらえれば、如何に戦争が悲惨なもので、原子爆弾がいかにおそろしいものか、体験していなくてもきっと理解してもらえるはずだ。

一人でも多くの人が祖父の日記に接することで、地球から核兵器がなくなり、人間のエゴイズムから起こる戦争が減っていくことに期待したい。

今やっとスタートラインに

母は「被爆者」というレッテルを貼られるのは好きではないと語っていた。ただ何も背負わない普通の生活を望んでいたのだ。

被爆してから亡くなるまで「原爆さえなかったら」と何度となく思ったに違いない。しかし、過去を振り返って恨み言をいうのではなく、二度と自分と同じような思いをする人が出ないことを願い、早くからたくさんの人たちに体験を語り続けた。

私も「被爆二世」と呼ばれるのには抵抗がある。

広島もそうであろうが長崎では、「被爆二世」であることに特別な意味など何もない。被

原爆の日がすぎるとまたひっそりつくつくぼうし

大臣代理の代読、聞く被爆者は本物である

爆者を親に持つ人はそこらじゅうにいるのだから。

だからというわけではなく、我々の世代で原子爆弾や親の体験のことを自分から話す人はほとんどいない。自分が喋らなくても誰かが語ってくれるだろうと思っているし、いわば被爆はある意味、日常のようなものだ。

現に私もそういう側の人間で、祖父や母の被爆体験を過去に誰かに話したことなどないし、まさか今こうして語る日が来るとは思ってもいなかった。

だが、考えてみると、必然的に私は彼らのことを語ることになる運命だったように思う。子どもの頃には全く無関心だった私の手元には、祖父や母が綴ったもの以外にも、彼らをテーマにテレビやラジオ局が制作した番組の記録や新聞記事、雑誌、書籍など、ありとあらゆるものが集まってきている。祖父や母が自分たちの体験を次の世代へ語り継いでくれと導いているかのように。

「それでは平田さん、講話をお願いします」という声が聞こえた。

さあ、これからいよいよ、娘や孫たちに、そして全世界に向けて自分の言葉で一九四五年八月九日午前十一時二分から始まった祖父や母の苦悩の日々のことを語り継ぐスタートラインをきるのだ。

附録　長崎原爆の記録

編集部編

現在の長崎市内

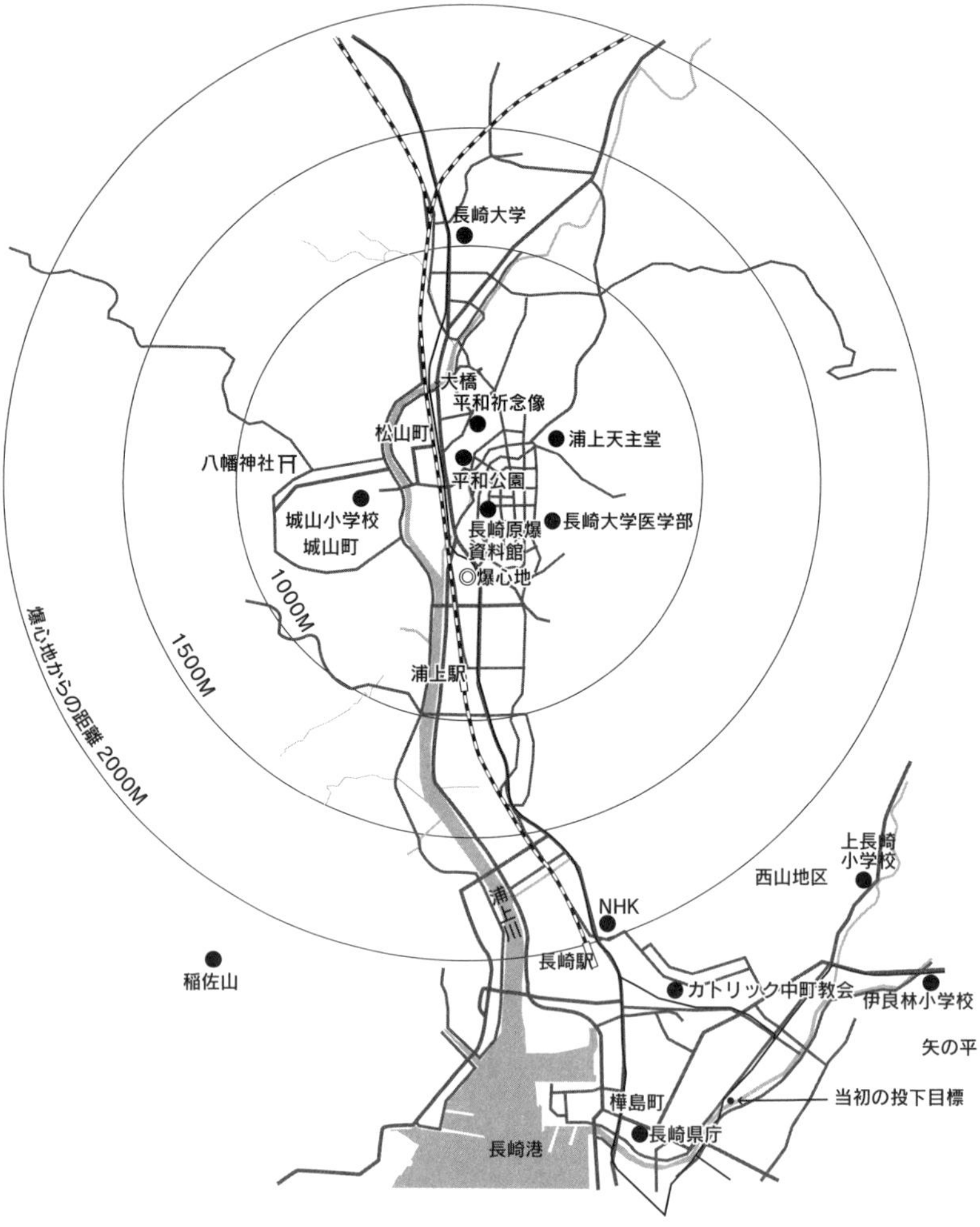

長崎大学
大橋
平和祈念像
松山町
浦上天主堂
八幡神社
平和公園
城山小学校
城山町
長崎原爆
資料館
長崎大学医学部
◎爆心地
1000M
1500M
爆心地からの距離 2000M
浦上駅
上長崎
小学校
西山地区
浦上川
NHK
長崎駅
稲佐山
カトリック中町教会
伊良林小学校
矢の平
当初の投下目標
樺島町
長崎県庁
長崎港

一九四五年八月九日午前十一時二分、六日の広島に続いて、長崎に原子爆弾が投下された。死者七万三八八四人、重軽傷者七万四九〇九人という未曾有の被害をもたらした。

原子爆弾（以下原爆）は一九四二年、アメリカがドイツに先んじられるのを恐れ、いわゆる「マンハッタン計画」で開発・生産を始めた。計画は極秘裏に進み、従業員でさえ「何を作っているのかわからないほどであったという。爆弾は二種類あり、一つは長崎原爆の三日前、八月六日に広島に投下された「ウラニウム型」。そしてもう一つが長崎に投下された「プルトニウム型」である。このプルトニウム爆弾については、七月十六日、アメリカ・ニューメキシコ州の砂漠で人類初となる爆発実験（核実験）が行われている。

原爆の完成を控えた一九四五年五月、アメリカでは

一、原爆はできるだけ早く日本に対して使用されるべきである。

一、原爆は二重の攻撃目標に対して使用されるべきである。つまり、民家や打撃に弱い建築物に取り囲まれたり、或いはこうした建物に隣接している軍事施設や軍需工場に対して使用されるべきである。

一、原爆は、兵器の性質についての明示的な事前警告なしに使用されるべきである。

とする基本的三項目の覚書が決定された。これに対し、一部の科学者から将来の軍拡競争を恐れ、原爆使用反対の声も出されたが、原爆の使用への流れは止まらなかった。

やがて、一九四五年四月から目標地の選定が始まった。当初は東京湾、川崎、横浜、名古屋、大阪、神戸、京都、広島、呉、八幡、小倉、下関、山口、熊本、福岡、長崎、そして佐世保の十七地域が挙げられた。その後、幾度もの協議が重ねられ、七月二十五日、「八月三日以降、天候が爆撃を可能ならしめ次第に広島、小倉、新潟、長崎の目標の一つに最初の特殊爆弾（原子爆弾）を投下せよ」という

爆風で押し潰されたガスタンク（爆心地より北に約800m）　爆風のすさまじさがわかる（撮影：小川虎彦）

原爆投下命令書が出された。投下に向けて米軍は原爆の形に似せて作った「模擬原爆（その形から「パンプキン」と呼ばれた）」を使い、たった一発の爆弾を目標地点に目視で正確に投下するための実地訓練を重ねていた（パンプキンは東京や大阪、神戸など全国二十九の都市に四十九発が投下された。「模擬」と言えども約二・五トンの火薬を詰めた爆弾は死者も出るほどの被害を出した）。

完成した長崎原爆は、長さ三・二五メートル、直径一・五二メートル、重さは四・五トンで、ずんぐりした形から「ファットマン（ふとっちょ）」と呼ばれた。そして八月九日午前二時四十九分（日本時間）、原爆を搭載したB－29「ボックス・カー号」は、計測・観測機とともにテニアン基地を出た。第一目標は

Ｂ－29への搭載前の原子爆弾。長崎へ投下されたものはその形から「ファットマン（ふとっちょ）」と呼ばれ、爆弾には乗組員らが記念の自筆サインをした。

長崎原爆のきのこ雲（原子雲）を爆心地から南に約10キロの香焼島で、原爆投下から15分後に撮影した1枚。きのこ雲は米軍が上空から撮影したもののほか、香焼、大村市から撮った写真が確認されている。（撮影：松田弘道）

小倉だったが、前夜の八幡空襲の影響で市街地は煙っていた。このため、投下目標は長崎に変更された。

しかし、長崎上空も雲で覆われていて、「目視」による投下が不可能な状態だった。当初、投下目標は長崎市中心部（中島川にかかる常盤橋から賑橋付近）とされていたが、その地点から北におよそ三キロで雲の切れ間を見つけ、そこから原子爆弾は投下された。

「もう一つの太陽ができたようだった」

その凄まじい閃光をピカ、そしてその後に続く爆発音をドンと呼んだ

ことから、「ピカドン」と呼ばれるようになった原爆。黄色、ピンク、青、紫……その光の形容は人によって違う。至近距離にいた人は同時に強烈な熱線も浴びた。一瞬で黒焦げになって死んだ人、焼け爛れた体、皮膚がはがれ、水を求めるうめき声があちらこちらから聞こえたという。血が噴出すのにも気づかずに、あるいははがれた皮膚を引きちぎって、逃げるのに必死で、水を汲んでやれなかったことを何十年も悔いる人もいる。

「のどが乾いてたまりませんでした
水にはあぶらのようなものが一面に浮いていました
どうしても水が欲しくて
とうとうあぶらの浮いたまま飲みました」
（平和公園・平和の泉の碑文より）

平和公園・平和の泉

松山町の上空約五〇〇メートルで炸裂した原爆は一瞬にして数千万度もの火球を作った。この表面温度は太陽と同じぐらいとされ、爆心地付近の地表には三〇〇〇〜四〇〇〇度の熱線が到達したと見られる。この一瞬にできた火球は周辺の空気を急激に大膨張させ、凄まじい爆風を引き起こした。爆風は建物の倒壊やガラス窓などを壊し、建物の下敷きになったり、ガラスの破片が体に突き刺さるなどのけが人が出た（生涯、体内にガラス片が残っている人もいた）。倒壊した建物の下敷きになったまま、逃げられず、燃え広がった火災に巻き込まれた場合もあった。運よく助かっても、やけどのケロイドの痕《あと》が残り、その容貌を怖がられたり、「ピカが伝染《うつ》る」などと嫌われ、就職や結婚時など差別に遭ったという証言も多くある。

原爆がほかの爆弾ともっとも違うのが「放射線」障害である。被ばくによって、人体の細胞が破壊され、がんなどの疾病を引き起こす。放射線障害は果たして、どのようなものなのか、被爆から七十年経っても、遺伝的影響を含め、完全には解明されていない。ある被爆者は「いつ爆発するかわからない時限爆弾を体に抱えている」と表現し、病気や死を恐れる姿も多々、見られる。

一般的に「（原爆）被爆者」と呼ぶとき、二通りの意味がある。

一つは、原爆に遭った、遭遇したひと

そして、もう一つは、被爆者援護法で定められた被援護者を指す。法律の枠内では

① 長崎原爆の爆心地から南北にそれぞれ十二キロ、東西には七、八キロ程度の「被爆地域」に原爆投下当時、いたこと（直接被爆者）

② 原爆投下から二週間以内（長崎では八月二十三日まで）に家族を探すためなどで爆心地周辺（二キロ以内）に入ったこと（入市被爆者と呼ぶ、残留放射能で被ばくした、と考えられている）

③ 当時、負傷者の救護や死体の処理に当たるなどで放射線の影響を受けた人

④ これらの人の胎内にいた人（胎内被爆者）を「被爆者」と呼んでいる。

（広島にも独自の基準がある）

また、長崎の南北に細長いいびつな形の被爆地域を拡大し、東西七、八キロ以遠にいた人たちも被爆者と認めるよう裁判が起こされている。

このような原爆被害で前述のように、七万四千人が死亡した。しかし、どこでどのように死んだのかすら不明な人も多く、この数字は当時の人口動態などを参考に算出されたものである。

そして、

全焼した住宅　一万一五七四戸（半径四キロ以内、市内のおよそ三分の一が燃えた）

全壊した住宅　一三二六戸（半径一キロ以内）
半壊した住宅　五五〇九戸（全焼や全壊を除く半径四キロ以内）　の被害が出た。
しかし、当時の新聞では「長崎にも新型爆弾〜詳細目下調査中なるも、被害は比較的僅少なる見込」と事実とまったく異なる記事が西部軍管区指令部発表として掲載された。

本年（二〇一五年）、被爆から七十年。被爆者は年々、高齢化し、次々と亡くなっている。しかし、今でも被爆の影響を恐れる現実がある。二〇〇六年八月九日、原爆犠牲者慰霊平和祈念式典で被爆者代表として「平和の誓い」を読んだ中村キクヨさんは被爆二世の次男が白血病のため五十五歳で亡くなったことに触れ、医者から「次男の白血病は、母体からもらったものです、と言われたこの一言が忘れられず、私は今も苦しんでいます」と訴えた。二〇一四年の平和の誓いで城臺《じょうだい》美彌子《みやこ》さんも被爆三世の孫娘を幼くして亡くし、「私が被爆者でなかったら、こんなことにならなかったのではないか、と悲しみ、苦しみました」と心情を吐露した。被爆者の苦しみは未だに続いている。

十六歳で被爆。熱線で背中に大やけどを負った谷口稜曄《すみてる》さんは国内はもとより、アメリカ・NY

の国連本部など世界各地でこう訴えている。

「私は忘却を恐れます
忘却が新しい核兵器肯定へと
流れていくことを恐れます」

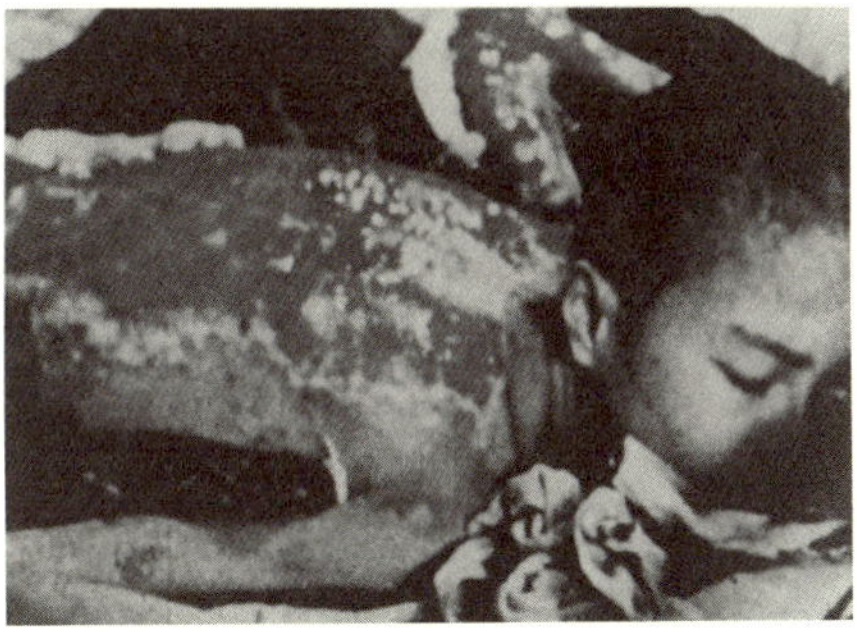

16歳のとき、爆心地から1.8キロの路上で被爆した谷口稜曄さん。背中に大やけどを負い、1年9ヶ月にわたって寝たきりで過ごした。あまりの痛みに「殺してくれ」と叫び続けたという。今も背中にやけどの跡が残り、胸部から腹部は床ずれで皮膚が腐り、骨が露出している。

―二〇一五年、被爆者の数は十八万三五一九人、平均年齢は八十・一三歳となった―

※参考文献・長崎原爆戦災誌（長崎市・発行）、ナガサキの郵便配達（ピーター・タウンゼント・作）

あとがき

このかなしき空は底ぬけの青、子供がえがく

本書のタイトル「このかなしき空は底ぬけの青」は、祖父松尾あつゆきが一九六八年八月に詠んだこの自由律俳句からとったものである。

本文にも書いたが、祖父は墓参りに行くと一段高い所に立っていつも空を見上げていた。彼の句には「空」や「天」という文字がたびたび使われている。例えば同じ一九六八年の作に次のようなものがある。

原爆をおとした空が花をふらしている
その時鳩を放つ忽ち消ゆ原爆が落ちた天の一角

どれだけ月日が経とうとも、彼にとっての空は、原爆を落とし、妻子を奪ったかなしき空でしかない。それがたとえ澄み渡った青い空であろうとも。

しかし、子どもたちの目に映る空はありのままの空であり、青い色で空を描く。いつまでも家族のことを思い続ける自分と、無垢な子どもたちとを対比させているのだろう。二度と「かなしき空」にさせないために、原爆の記憶を風化させてはならない。まさしく、過去と現在、そして未来を見据えて詠んだ句なのだと私は思う。

この句の本当の意図を探すために祖父の日記を読み返した。しかし、一九六八年の項にはわずか三日分の出来事しか書かれていなかった。

それによると八月下旬から二カ月間、自然気胸の手術のために入院していた。本人は肺がんだと思っていたようで、入院前に行われたクラス会には「別れの積もりで出席」とある。

そんな状況でのこの句である。老い先短いと思った祖父が、あの日の空を忘れてはならないぞと、世の中へ警鐘を鳴らしているかのようである。

普段の私は、被爆二世であることを意識していない。しかし今年の春、二人の娘がオーストラリアと日本でそれぞれ健康診断を受けた際に、二人とも甲状腺の数値に異常があると言われた。その時には、母が被爆した影響かもしれないとの考えが頭をよぎった。幸いにして再検査で二人とも許容の範囲内との結果が出てはいるが、一抹の不安はずっと続いている。七十年経った今もそういう疑念をもたせる恐ろしさが原爆にはあるのだ。

核兵器廃絶のために力を尽くしていた祖父や母の遺志を風化させないために、私に何ができるのか、また何をすべきなのかこれまで考えてきた。

現在、国際社会では核兵器を廃絶する道すじを、人道的、科学的、政治的にそれぞれの専門家たちが模索している。

私には専門的知識はないが、核兵器の恐ろしさと戦争はいけないものだということを、世界中の人たちに心情的に訴え続けていかなければならないと思っている。

本書の出版に際し、たくさんの方のご協力を賜りました。

三年前に発刊した『松尾あつゆき日記』（長崎新聞社）でも、文学的表現で祖父の心情に迫る解説を書いて下さった芥川賞作家の青来有一さん（同級生の中村明俊くん）には、今回も大切な言葉をいただきました。無名の私がまとめあげた本書には大変勿体ないことです。

本文でも触れましたが、調査記録を本書に掲載することをご快諾くださいました一橋大学名誉教授の濱谷正晴先生、お忙しいなかカメラマンとして日記などの撮影をしていただいたグラバー園副園長の吉田利一さん、また貴重な写真をご提供いただきました長崎原爆資料館や長崎平和推進協会写真資料調査部会に深く感謝申し上げます。さらに、テレビ長崎の橋場紀子さん、書肆侃侃房の田島安江さんには、本年三月復刊の『原爆句抄』に引き続き大変なご苦労をおかけしました。

その他ご協力いただいたみなさまに厚くお礼を申し上げます。

二〇一五年七月

平田　周

日記部分は、歴史的仮名遣いと現代的仮名遣いが、漢字も旧字と現代字が混在しているが、日記という性格上、あえてそのままにした部分もあることを記しておきたい。またあつゆき特有の用字・語法・句読点の打ち方など基本的には原典を尊重したが、明らかな誤記は訂正した。ルビについては、新たに付したものが多い。略称や時代的単語には（筆者注）として若干の説明を加えた。

■松尾あつゆき略歴

1904～1983年。

本名、敦之。

長崎県北松浦郡生まれ。長崎高等商業学校卒業後、英語教師となる。

在学中より自由律俳句に傾倒し「層雲」に入門。

1942年「層雲賞」受賞。

1945年8月9日、原爆で妻と三児を失う。

1972年俳句と手記を収めた『原爆句抄』、1975年『原爆句抄』（文化評論出版）上梓。

写真協力／長崎原爆資料館
長崎平和推進協会写真資料調査部会

カバー装画／「彼の音」重藤 裕子
装幀／宮島 亜紀
写真撮影／吉田 利一、橋場 紀子、田島 安江
編集協力／橋場 紀子

■著者略歴

平田 周（ひらた・しゅう）

1958年、長崎市生まれ。

原爆俳人松尾あつゆき（本名・敦之）の長女みち子の長男。

1981年、長崎大学経済学部卒業後、東洋航空事業（現・朝日航洋）株式会社入社。

1991年帰郷。

現在、長崎県西彼杵郡長与町内で小・中学生向けの学習塾経営の傍ら、祖父や母の被爆体験の継承に力をそそいでいる。


編著に『松尾あつゆき日記』(長崎新聞社)、復刊『原爆句抄　魂からしみ出る涙』（書肆侃侃房）がある。

このかなしき空は底ぬけの青
消せない家族の記憶1945・8・9

二〇一五年八月九日　第一刷発行

著者　平田周
発行者　田島安江
発行所　書肆侃侃房（しょしかんかんぼう）
〒八一〇-〇〇四一
福岡市中央区大名二-八-十八-五〇一（システムクリエート内）
TEL 〇九二-七三五-二八〇二　FAX 〇九二-七三五-二七九二
http://www.kankanbou.com　info@kankanbou.com

DTP　黒木留実（書肆侃侃房）
印刷・製本　株式会社インテックス福岡

ISBN978-4-86385-193-1 C0095